命脉

李 冉◎著

新 华 出 版 社

图书在版编目（CIP）数据

命脉 / 李冉著.　—北京：新华出版社，2014.12
ISBN 978-7-5166-1456-3

Ⅰ.①命…　Ⅱ.①李…　Ⅲ ①报告文学—中国—当代　Ⅳ.①I25

中国版本图书馆 CIP 数据核字（2015）第 006677 号

命　脉

作　　者： 李　冉

出 版 人： 张百新　　**选题策划：** 刘志宏
责任印制： 廖成华　　**责任编辑：** 刘志宏
封面设计： 浩博工作室

出版发行： 新华出版社
地　　址： 北京石景山区京原路 8 号　　**邮　　编：** 100040
网　　址： http://www.xinhuapub.com　　http:press.xinhuanet.com
经　　销： 新华书店
购书热线： 010-63077122　　**中国新闻书店购书热线：** 010-63072012

照　　排： 浩博工作室
印　　刷： 北京凯达印务有限公司

成品尺寸： 170mm×240mm
印　　张： 15.5　彩插：36　　**字　　数：** 271 千字
版　　次： 2015 年 2 月第一版　　**印　　次：** 2015 年 2 月第一次印刷

书　　号： ISBN 978-7-5166-1456-3
定　　价： 36.00 元

摄影：李 冉
地点：陕西延安

中国精神 中国梦

习近平总书记指出："实现中国梦必须凝聚中国力量。这就是中国各族人民大团结的力量。中国梦是民族的梦，也是每个中国人的梦。只要我们紧密团结，万众一心，为实现共同梦想而奋斗，实现梦想的力量就无比强大，我们每个人为实现自己梦想的努力就拥有广阔的空间。生活在我们伟大祖国和伟大时代的中国人民，共同享有人生出彩的机会，共同享有梦想成真的机会，共同享有同祖国和时代一起成长与进步的机会。有梦想，有机会，有奋斗，一切美好的东西都能够创造出来。全国各族人民一定要牢记使命，心往一处想，劲往一处使，用 13 亿人的智慧和力量汇集起不可战胜的磅礴力量。"

李冉

寻找咱老百姓身边的“中国梦”

前面的照片是我在陕西延安的《延安保卫战》实景演出现场拍摄的安塞腰鼓演出镜头。以前只是从电视或电影上看过安塞腰鼓的演出,能够在现场亲身感受还是第一次。近百人的演出队伍踏着黄土刚劲激昂跳跃着走来,前后左右变化多样的舞步展现着农民的粗犷和豪放,在铿锵的鼓乐声中跳跃出的舞姿是何等的剽悍和威武!演出进入高潮的时候,两位演员登上了一面大鼓腾空跳跃,两个人摇动着头流露出憨厚朴实的笑容,双腿在鼓面上有节奏地跳动,显示出陕西汉子悍勇威猛的个性与性格;映衬在蓝天白云下,手中的红绸在舞动着,取得战斗的胜利和丰收的喜悦在鼓声阵阵中张扬着,两人一起在鼓面上跳起,面对面晃动并变换着不同的淳朴表情,旋转跳跃中透露出浑厚有力、势不可当的霸气!我不停地按动相机的快门,在蓝天白云的背景中被两位黄土高原汉子原生态刚劲奔放的雄浑舞姿所震惊!当把照片在相机中回放的时候,周围很多人围拢过来看,都止不住地“赞”!从这个角度拍摄安塞腰鼓照片的确少见。看过两遍之后,我的心禁不住一阵惊喜,仔细看,照片中两个威猛的汉子似乎跳出了一个字,再仔细看,对,越看越像,蓝天白云下两人跳出的是一个“梦”字!再仔细看好像舞出了一条“中国龙”!

我的心禁不住一阵阵惊喜,这不就是我此次“中国梦·万里行”寻梦之旅的那个“梦”吗!我找到啦,在“中国梦”诞生的摇篮——延安,我找到了“中国梦”的形象诠释,更深刻的理解到“中国梦”的内涵。安塞腰鼓被赞誉为“中国第一鼓”,在铿锵有力的跳跃中流露出的气势磅礴和历经灾难而不屈不挠的精神不正是我们中华民族之魂的体现吗!

到达延安,这是我“中国梦·万里行”寻梦之旅的其中一站。从渤海之滨到青藏高原,横跨中国大陆版图,我带着庶民的思考“中国梦·万里行”,走进百姓生活,叙写百姓梦想,寻找咱老百姓身边的“中国梦”!

走遍齐鲁大地,汽笛一声出山东,挺进中原;经河南、安徽,走向大西北;在山西、陕西、甘肃、宁夏实地感受黄土高原的浑厚;在山西大槐树探访移民路;在西安“梦回大唐”;在壶口聆听黄河的咆哮;在延安找到“中国梦”的形象诠释;在陕西中部中华古文明的发祥地拜谒黄帝陵;在甘肃天水秦安“羲里娲乡”寻根问祖;越宝鸡,过兰州,经西宁,穿越青藏高原,到达西藏拉萨。

在布达拉宫广场,抬头仰望蔚蓝的天空和洁白的云朵,天离你那么的近;中秋月圆之夜,我在大昭寺前“敬天”,祈求苍天风调雨顺,五谷丰登;在西藏拉萨,我在雪域高原放飞梦想:虔诚地祝福我们伟大的祖国繁荣昌盛,人民幸福!!

两岸同胞一家亲
中华民族统一梦
黄帝

黄河壶口瀑布

青藏高原

枣园

延安窑洞

2014 年 8 月 25 日，陕西省作家协会党组书记、常务副主席蒋惠莉（左）对本书作者李冉（右）的创作给予专业指导，并题词勉励。

走进百姓生活　叙写百姓梦想

在这本书创作的五年时间里，对基层民众的生活状况不能去凭空想象，而要想掌握真实性和原生态的资料，必须走出去看一看。就如在写关于改革开放三十周年这个重大课题的时候，书中要出现关于安徽凤阳县小岗村的文字，为了亲身感受，我几番辗转到达小岗村，站在小岗村村头对过去的历史才能有所感悟，专访当年的老人，了解几十年前的历史，对改革开放有了真切的感受。没有调查就没有发言权，这是一个原则问题。

面对改革开放的时代潮流所取得的成就及出现的亟待解决的问题，作为文学艺术创作者可能想不出破解的方法，但可以把看到的现象，把心中的感受写到作品中，让所有人去关注、去帮助，这就是文学艺术创作者的责任。

把镜头对准普通民众，把文字写在希望的田野上，是我创作中坚持的一个方向。但是，自己生活范围中基层民众生活状况有一定的区域局限性。我们国家人口众多，每个地区都有不同生存方式和生活景象，假如没有去过黄土高原的亲身体验，是不可能有真切感悟的文字。尽管，在现在网络便捷时代也会有相近的文字，但，那是别人写的，不是自己的，这可是一个原则问题，也是一个非常重要的问题。

本书定位图文并茂，需要很多图片，这些图片怎么来？这的确是一个很现实也是很严肃的问题。图片必须是我亲自拍摄，要对出版社负责，更要对读者负责。因为，关于图片版权的《知识产权法》是一个法律问题，版权是一个红线！

郑重声明：

本书《命脉》中所有图片，均为本书作者李冉走遍大半个中国亲自实地拍摄(书中合影和本人留影请人帮忙或自拍**)，版权所有。特此声明！**

对于“中国梦”的理解不能仅仅停留在字面上和想象中。中国梦有恢宏壮丽的画卷，更要有无数普通人寻梦的身影。于是，我就从渤海之滨出发开始了我的“中国梦·万里行”寻梦之旅，用镜头记录普通百姓的寻梦身影，走进百姓生活，叙写百姓梦想，用“拍大片”的方式来创作这本书《命脉》。

看看我们的周围，总有无数普通人寻梦的身影。不论是在汽车站还是在火车上，匆匆赶路的人流总是来来往往，你我可能就是那赶路的过客，从这个地方赶往那个地方，也许是出差联系业务，也许是扛着背包在城市之间辗转在打工路上，平凡得不能再平凡的人群中，都有一个奔头，这一个奔头并不一定非要实现百万富翁的梦想，也不一定非要混个衣锦还乡的荣耀，只要有个过日子的奔头，不论在哪里，都是为了这个奔头而不停地奔波。

在我创作本书中悟出这样几个章节“血脉相连”、“天脉有常”、“厚土在上”、“中华粮仓”、“阳光路上”，确定后，每日里心中总要默念几遍，犹如获得“密码”一般。

我们这么大个国家，这么多民族，这么多人口，传承的“血脉相连”才是有力有序的维系；不论社会如何发展，人与自然的关系永远不可割裂。探寻人与自然的和谐相处之法我们必须遵守那个可见或不可见的“常”，遵循人与自然的“常规”才不至于违背天道而遭天谴；手捧一把黄土高高举过头顶，虔诚礼拜“厚土在上”，才找到我们生存的根基；有粮不忘无粮日，丰收应记歉收时，手中有粮，心里不慌，粮食安全是个大问题。

中国梦，我的梦，你的梦，他的梦，咱老百姓身边的中国梦！

对于中华民族复兴之路的伟大征程，我们每一个中国人都应该结合自己身边的人和事去积极地思考！

黄河壶口瀑布

同享人生出彩的机会

共同享有人生出彩的机会，共同享有梦想成真的机会，共同享有同祖国和时代一起成长与进步的机会。有梦想，有机会，有奋斗，一切美好的东西都能够创造出来。

命缘

咱老百姓身边的中国梦

农家院里

喜事多

成家立业，小家连着大家，国泰民安，农家院里，喜事不断……

山东老农民李寿合在他自己的麦子地头说起了他的梦想："现在种地国家有补贴，俺要好好种地，多种麦子，多打粮食！"

丰收年

深入农村田间地头与农民零距离访谈、聊天、拉家常，真实的感受：农民的梦想在辛勤的劳动中，在田间地头，在实实在在地过日子里！

枣农安春勇说道："有啥梦想，俺还真一下子说不上来，俺就琢磨着咱老百姓过日子就得实实在在，过日子那必须有个'奔头儿'！"

老百姓过日子的"奔头儿"

现实生活是百姓梦想最大的舞台！

在这几年到各地的访谈中，我感受最深的就是老百姓过日子那种奔头儿劲儿，百姓梦想就在平凡而琐碎的日子里。老百姓过日子"奔头儿"是不可缺少的，也不是天天挂在嘴边的，都是些实实在在的事情。在很多农村家庭中，过日子是极简单的事情，不用过多地规划，百姓梦想就如把种子播撒在地里，盼着风调雨顺有个好收成！

他用坚强的意志——书写人生梦想

在路上，遇到陕西西安半臂书画家贾维军，他在西安书院门一带靠卖字卖画为生，养活自己。他顽强的自立精神让人感动！

向贾维军书画家致敬！向贾维军书画家学习！

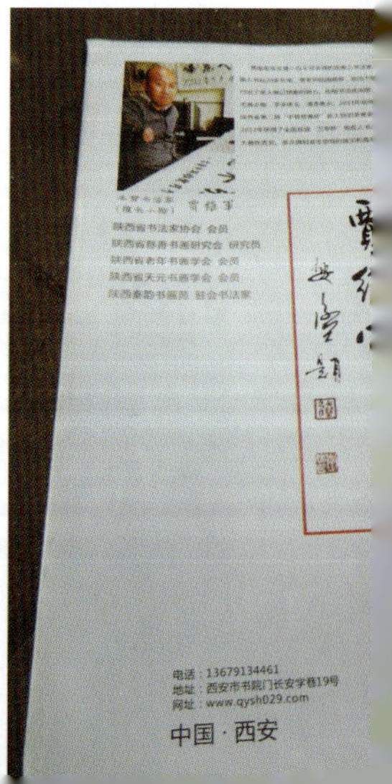

書院門
碑林藏國寶
旅馆

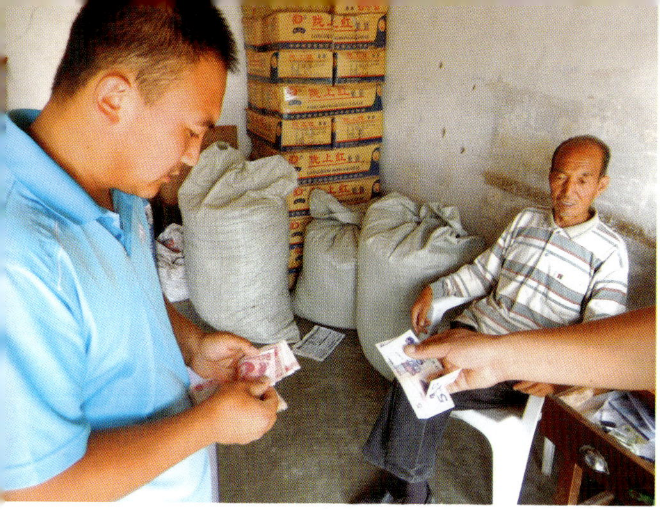

收获

在甘肃秦安县城，一对农民父子背着他们收获的花椒来到一个花椒收购点，经讨价还价后，共卖了 3000 多元。

问到小伙子有啥梦想时，他很腼腆地说道："攒钱娶个婆姨！"

致富梦

只要是通过自己的双手辛勤地劳动创造未来，不论是在什么样的工作岗位上，都值得我们尊重。

农民工是活跃在城镇和乡村中最积极、最能干、最可敬的新生力量，他们在创造社会财富的同时也在塑造自己，已经与城市发展和居民生活、与农村繁荣文明进步密不可分。

现在，从中央到地方，农民工问题已经提到了前所未有的高度，因为农民工问题实质上是“三农”问题的具体体现，而农民工的生存状态、权益保障等方面又事关社会的发展和稳定。

农民工的“现实与梦想”

勤劳致富摇钱树
节俭持家聚宝盆

卖——柿子——来——

说起种植冬枣，沾化下洼镇东平村的农民在园子里拍着双手说道：“俺和您说啊，自从俺家里种冬枣树，日子是越过越好哩！”

沾化冬枣产业化项目是以黄河三角洲得天独厚的冬枣资源作为基础，以科学化的管理与营销为手段，以“公司＋协会＋基地＋农户”的产业化形式为主导的综合性农业开发项目。

山东沾化成为我国最大的农业产业化创新基地之一。

新农村 小康梦

一颗小小的冬枣，使山东沾化的农民开始奔向小康之路，并促使黄河三角洲地区的农民从传统农业到现代化农业进行转变。在市场经济条件下，沾化枣农依靠科技，面对市场，逐步破解千家万户的小农生产与千变万化的大市场对接的矛盾。

“沾化冬枣模式”对事关9亿农民“三农问题”的破解起到了一点促进作用。

百姓科技

如何让传统农民向现代化农民转变实现“致富梦”，科技是关键！

在黄河三角洲地区，东营市农业科技信息协会探索出一条路子，突破科技进村入户“最后一公里”问题的制约，成功构建起了“市有协会、乡有使者、村有会员”的新型农业科技推广服务体系，将过去一阵风式的“科技下乡”，变为融入农村的“身边科技”，让农民脱贫致富，深受黄河三角洲地区农民的欢迎！

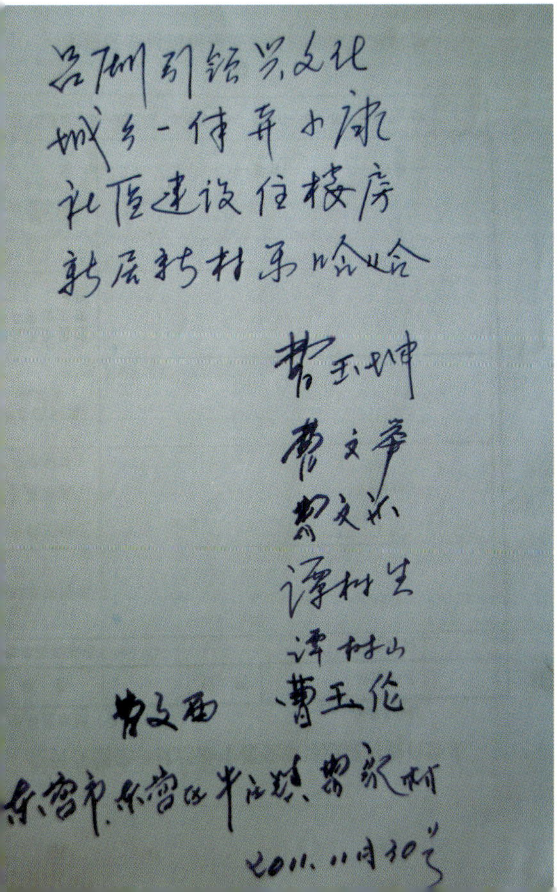
各州引领兴文化
城乡一体奔小康
社区建设住楼房
新居新村乐哈哈

曹玉坤
曹文华
曹文斌
谭树生
谭树山
曹文西　曹玉伦
东营市东营区牛庄镇曹家村
2011.11月30日

新农民 新变化

山东省东营市东营区牛庄镇曹家村七位农民结合自己身边的生活和生产情况，现场作诗畅叙新农村建设的新变化！

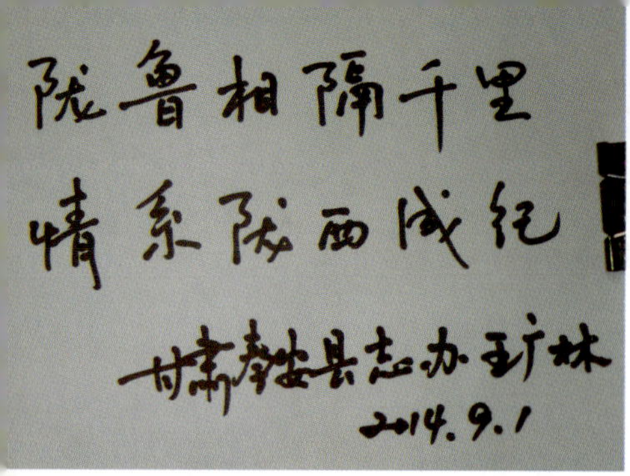

甘肃省秦安县地方志办公室主任、县地方志学会副会长兼秘书长王广林(左),县地方志学会副会长、原县志办主任王文杰(右)对本书作者李冉(中)千里寻根问祖给予热情接待。

问我祖先何处来
陇西成纪故里寻

血脉相连

两岸同胞一家亲 中华民族统一梦

中国的统一是历史的潮流，不可抗拒。不管遇到什么样的艰难险阻，都阻挡不了中国人民统一国家，实现民族团圆的决心。

两岸同胞血脉相连，是一家人。两岸同胞一家亲，中华民族统一梦！

中华民族统一梦是“中国梦”的大梦想之一，这个大梦想能够实现，也一定能够早日实现！

五谷丰登太平秋
粮安天下国运盛

中国是世界上人口最多、粮食消费最大的国家。粮食问题关系到老百姓的饭问题，如果粮食出现问题那就是事关国人的“安全问题”。

国运昌盛民为本　高天厚土济苍生

青藏高原那曲地区

美丽中国

蓝天常在 绿水常在 青山常在

黄河壶口

青藏高原看日出

黄河源头

建设生态文明，保护好我们赖以生存的环境。

蓝天白云下,鸟儿在飞翔;青山绿水旁,我们放飞梦想的翅膀……

世界上最高的湖——纳木错湖

看见那一座座山,一座座神奇的雪山!

黄河两岸看兰州

中国，前进！

第一章　血脉相连

我们统一的中华民族就是五千年来中华文明长期融合的结果。历史已经证明，中华民族始终围绕着华夏文明发扬光大，造就了今天的中国。在中国的这片土地上各民族是你中有我，我中有你。中国的统一是历史的潮流，不可抗拒。不管遇到什么样的艰难险阻，都阻挡不了中国人民统一国家，实现民族团圆的决心。

两岸同胞血脉相连，是一家人。两岸同胞一家亲，中华民族统一梦！

中华民族的统一梦是“中国梦”的大梦想之一，这个大梦想能够实现，也一定能够早日实现！

第二章　天脉有常

“天道有常，不为尧存，不为桀亡”，大自然运行变化有一定的规律，它不会因为尧的圣明而存在，也不会因为桀的暴虐而消失。如果违背了自然的规律，人为的主观改造，会适得其反，人类就会遭殃。保护好我们共同的家园，创造更舒适的居住条件、更优美的环境，为子孙后代留下水更清、山更绿、气更净的生产生活环境。

让我们赶快行动起来，实现中国梦，建设生态文明，保护好我们赖以生存的环境，就是给子孙后代做了一件最有意义的大事情。

蓝天白云下，鸟儿在飞翔；青山绿水旁，我们放飞梦想的翅膀……

第三章　厚土在上

大地在我们的脚下，但我们万不可自以为是大地的主人而妄为。就如虽然船在上面，水在下面，然而水仍是主人翁！我们已经摆脱了原始野蛮的篝火，土地解决了我们的温饱问题，同时也给了人们群体繁衍的希望！

我国有9亿农民，失地农民问题不容忽视。政府必须想失地农民所想，急失地农民所急，办失地农民所需，把失地农民的生计问题当作一项稳定、富民的政治问题来抓，制定详细的失地农民社会保障制度，以使失地农民“老有所养、壮有业就、少有所学、病有所医”。

仰望苍天，再呐喊一声：厚土在上，受我一拜！

第四章　中华粮仓

手中有粮，心中不慌。保障粮食安全对中国来说是永恒的课题，任何时候都不能放松。历史经验告诉我们，一旦发生大饥荒，有钱也没用。解决13亿人吃饭问题，要坚持立足国内。中国是世界上人口最多、粮食消费量最大的国家。粮食问题关系到老百姓的吃饭问题，如果粮食出现问题那就是事关中国人的“安全问题”。

再次为中国的粮食安全问题而疾呼：

田，田，田，百姓的“碗”；粮，粮，粮，中国的“粮”！

纵横古今五千年，瞻望华表写新篇。
庶民思考中国梦，血脉相连大一统。
天脉有常复兴路，厚土在上民为本。
中华粮仓五谷满，阳光路上看神州！

中国梦，百姓梦。
阳光路上，把镜头对准农民，把文字写在希望的田野上，让梦想成真！

某日，吾为创作本书正在思路不定之时，昏昏沉沉中，偶得一梦：

那是一田园的路边，来来往往的人群不断，一位老者坐于路边，他身旁立有一牌子，竖立的支架上横有光滑的木板，板边镶嵌着云彩状饰纹，有行人停下脚步在横木上写下几行文字，文字弯弯曲曲形状，那人写完扬长而去。

对于横木上古怪的字，我不解，于是向那位老者求教。

老者手捻须髯娓娓道来："此之为华表木也。以横木交柱头，状若花也。形似桔槔，大路交衢悉施焉。或谓之表木，以表王者纳谏也。且言者无罪，知无不言，言无不尽也。"

此时，有几位老农在那"表木"上又写下奇怪的文字，与老者相互议论一番回到一片田地里继续耕种。

周围田园里麦收双禾，麒麟在野，凤凰鸣山。

远处的农舍传来学子的诵读声："人心惟危，道心惟微；惟精惟一，允执厥中。"

欲向老者再请教，那老者却飘然而去，消失于山中一片桃园里。

对于中华民族复兴之路的伟大征程，我们每一个中国人都应该结合自己身边的人和事去积极地思考！

——题记

第一章

血脉相连

——中华民族统一梦

我们统一的中华民族就是五千年来中华文明长期融合的结果。历史已经证明，中华民族始终围绕着华夏文明发扬光大，造就了今天的中国。

中国的统一是历史的潮流，不可抗拒。不管遇到什么样的艰难险阻，都阻挡不了中国人民统一国家，实现民族团圆的决心。

两岸同胞血脉相连，是一家人。

两岸同胞一家亲，中华民族统一梦。

中华民族的统一梦是“中国梦”的大梦想之一，这个大梦想能够实现，也一定能够早日实现！

赫赫始祖，吾华肇造，胄衍祀绵，岳峨河浩！

我们所有的炎黄子孙血脉相连，都是一家人！无论从历史渊源或现实发展看，中国作为统一的多民族国家，中华民族作为多民族的统一体，都是一个完整的、不可分割的整体。

两岸同胞一家亲，中华民族统一梦。

我们有延续五千年的历史文明，中国的统一是历史的潮流，不可抗拒。不管遇到什么样的艰难险阻，都阻挡不了中国人民统一国家，实现民族团圆的决心。

两岸同胞都是一家人，中华民族的大一统是历史大趋势。

中华民族的统一梦是“中国梦”的大梦想之一，这个大梦想能够实现，也一定能够早日实现！

寻根溯源，血脉传承。

近年来，全国各地兴起续修家谱热潮。

接下来，先从我的家乡山东省沾化县李果村李氏族谱说起——

第一节

寻根问祖溯本源
血脉缕析传后人

在明朝初年,有一位叫李果的老人在渤海边搭建草屋,靠捕鱼为生。后来,陆续有迁移逃荒者围拢居住形成村落,时间久了,周围人习惯把这个村落叫作李果村。

我家祖上最早迁来与李果老人搭草屋为邻的为李子厚公，他挑着担子由沾化县山后镇久山村往东来到了李果屋子定居，后来族上把李子厚公奉为一世祖。自此,我李果村李姓列为久山李氏宗族李果村洋上派。

对于族谱记载有确切考证,且看明朝万历年进士李鲁生所作的《久山李氏族谱序》:

古来氏族无繁于李者。我李氏百万叶柯条布中州,太白咏之矣。然考氏族谱李十二望,而唐之帝系居第三,于时族姓之重乃尔。所以然者,古者世官为吏长,子孙阀阅相仍,人情翕尚,即唐天子尚不能与崔民干争先后,况其他乎?迨至后世选行面世及废,朝为白屋,暮登黄阁,公卿失势,下等隶氓,博陵琅琊,无复齿及,似不必问毛尹于周,寻温季于晋也。兼之治乱无常,迁徙靡定,以故江南或有巨族而北地罕数百口之家。吾家先世不可考,忆垂髫时曾闻之王父云,吾家世居久山。国初有兄弟七人分籍久山里七甲,是以七甲皆有李姓。而吾家则八甲云,世代辽渺,日久日疏,各不相考认,今日犹有以辈行通者数家,余皆路人矣。窃族宗一脉相生不数传,而其子若孙,遂不知其为何许人，是以为子孙者之过也。久欲修一谱传永久，而吾世以上遂坠渺茫，心窃恸之。会有河东族人来询其先，则王曾而上茫如也。及今不修恐一再传而所举之王曾又成乌有矣。于是断以六世族为始，条分缕析，而谱之俾其脉络分明，一览可尽。吾子孙稍有习文翰者，五年一补，十年一修，以兴其木本水源之思，是以敦睦之道也。且人以谱传谱缘人重如唐人，重氏族而衰宗落谱，犹自称禁婚家遗后人笑端，即以唐人论，如李逢吉、李绛、李泌之为相；李光弼、李晟之为将；李翰、李翱 之文学；李端、李益之辞赋，举能荣施当代，名垂后世。人重谱乎，谱重人乎，亦在乎人之自立如耳。故吾家之谱断自久山始，不必陇西成纪也。

崇祯九年二月望日　六世孙鲁生谨记

据记载，李鲁生（今沾化古城镇北街人），字尊尼，明朝时历任邢台、邯郸、仪封、祥符四县知县，兵科给事中，吏科右给事中，兵科左给事中，加太仆寺少卿，封中宪大夫，湖广主考。曾任清朝顺天府丞，后升府尹，封正议大夫。著有诗集《海月楼集》。李鲁生是历史上较有影响的人物，出身于乡绅家庭，其父李反观，善孝悌，好义行，邑人谥称康义先生。胞弟李鲁望，以书法闻名，著有《字学论》，当时京师有山东“临邢沾李”之称，“临邢”指临邑邢侗，“沾李”即指沾化李鲁望。李鲁生与明末著名书法家董其昌为同僚好友，董其昌曾为避政乱旅居沾化李（鲁望）家九月有余，并为李父（即康义先生）撰写《康义李先生传》一文，后由吴士端临摹镌刻于石碑（今存县文物管理所）。明清

沾化古城文峰台遗址

时期沾化被称为“济北诗书之薮”,沾化古城曾留有“一科四进士”、“父子二鼎甲”之佳话。“一科四进士”之一的李鲁生为政期间,属朝廷重臣。明朝进士出身的丁汝夔曾任明朝兵部尚书,统管全国军事的最高行政长官,官居从一品。当时,明京城还有“官要起,问三李”之说,“三李”即指李鲁生和礼科给事中李恒茂、御史李蕃。顾炎武在《圣安本纪》中也有“一周二李,其权莫比”的记载,其“一周二李”即指周昌晋、李蕃、李鲁生。

顶礼膜拜《久山李氏族谱序》之后,我不由得佩服六世李鲁生公,作为明朝进士高级知识分子为后人留下的族脉传承文字记录,更从中知道吾辈从何而来的重要历史渊源,这的确是个大问题!

“古来氏族无繁于李者。我李氏百万叶柯条布中州,太白咏之矣。然考氏族谱李十三望,而唐之帝系居第三,于时族姓之重乃尔。”这篇族谱序言一下把族脉渊源上推到“唐之帝”,当然这只是推论,民间自有“七张八王十二李”之说,如非要和“唐之帝”李世民联系上的确没有真实的依据,而“吾家先世不可考,忆垂髫时曾闻之王父云,吾家世居久山”。这句说得就很明白了,李鲁生公说道:“我的先祖已经探究不到了,回忆小时候曾经听到祖父老人说,我们家已经在久山居住很多年了!”

第二节

立国史以考善恶
续家史以明人伦

有个关键点值得探究，李鲁生列六世，而本族谱序言又作于“崇祯九年二月望日”即 1636 年 2 月 15 日（农历），如此上溯，按照一世相间 20 年粗算，久山李氏已经移民迁来在久山村里居住 120 年之多，大约为明朝 1506 年左右一世族移民迁来居住。且，当时三世族应健在，而三世族作为一世族之孙辈也会对如何从远处移民迁来有所了解，更会在院落里常常问起：“咱老家在哪里？”而一世族也可能会说道：“咱是按照朝廷的安排从老远老远的陇西成纪移民来的！”

那为何说是从陇西成纪迁来，而不是从山西大槐树移民而来的呢？

再研读《久山李氏族谱序》最后一句“故吾家之谱断自久山始，不必陇西成纪也”。这是本族谱序中最重要的一句话，“陇西成纪”成为吾祖辈真正祖籍之地。

查阅史料，陇西成纪现在属甘肃省天水市秦安县，另一个说法陇西成纪属于现今的静宁县。但在明朝并没有置甘肃省，明代废省设司，省境属陕西布政司、陕西都司、陕西行都指挥使司，成纪县也在明朝废置而属泰州府治下。如此属地变化，可能当地百姓也产生了模糊概念，但因为靠近六盘山，成纪县又在六盘山以西，而六盘山又古称陇山，于是当地百姓就以山辨地形习惯称为陇西。从六盘山西到山东东北部地区跨越数省，直线距离就有1300多公里，如此遥远的路程，再加上当时交通不便等恶劣环境，需要经过多少艰辛和经过多少时日才能到达明朝廷安排的"新家"呢?

遥想在七百多年前某一天，大明王朝治下的陕西布政司泰州府的某一村落，村头贴出朝廷《关于向东部地区迁移民安置方案的告示》，村里人围拢观看，衙门的一官差高声宣读："各家各户听着，皇上圣旨下，为了大明江山社稷和黎民百姓的生计，吾皇颁发上谕，从山西、陕西迁移部分村民到河北、山东等地，凡愿意迁移者'自便置屯耕种，免其赋役三年，仍户给钞二十锭，以备农具'，具体由各州府衙门办理。"

可能有位上了年纪的老人不愿离开故土，唠叨了几句：天南海北那么远谁愿意去，俺这把老骨头离不开这个窝哩！那位官差听到后顿时瞪起眼来：大胆刁民，这次移民朝廷可是定下了律令"四口之家留一，六口之家留二，八口之家留三"，你们现在回家好好准备去，违令者斩！一听不迁移就杀头，村民吓得四散回家。

晚上，许多人家没动烟火，皆愁眉苦脸私下商量对朝廷的迁移令如何应对，负责村务工作的甲长和里正组织村里骨干召开了一个碰头会议，有人对甲长提出建议：朝廷告示说一家人按照比例迁移，甲长往衙门里上报的时候少报几口人行不行，要是真行，你甲长可是为咱村积下大德了，全村人都会感激你哩！

甲长摇摇头说道：每家每户多少人和全村多少人，去年府衙早就登记了，户部都有册，谁能瞒得过去，大明律例规定瞒报户口可是要杀头的，俺这个甲长是庄乡爷们互保的,查出来全村都麻烦。听衙门里的官差讲,这次移民就是户部郎中刘九皋大人的奏议,吾皇朱元璋深有所悟“丧乱之后,中原草莽,人民稀少,所谓田野辟,户口增,此正中原之急务”,于是采纳了蓟州苏琦、户部郎中刘九皋等人的奏议,决定了移民。皇上廷议后颁发下旨意,看来瞒也瞒不了、躲也躲不了,都回家准备吧,散了,散了!

为何村民对大明朝的移民令如此抵触不愿执行呢?这对七百多年前山西等地区的农民来说是很正常的事情了,因为当时山东等地对于他们来说那是偏远荒芜之地,不是一个好地方!

在明朝初年,山东很多地方“人力不至,久致荒芜”、“积骸成丘,居民鲜少”,山东经过数次战争与屠杀,人口大为稀少,有些在战争年代流移江南,有的甚至漂流海外,顾炎武在《自知录》中写道:“山东、河南,多无人之地。”山东更是唐朝安史之乱的主战场,战乱给山东经济社会发展带来了严重破坏。战争导致大量人口流失,造成劳动力不足,土地大片荒芜,粮食产量减少,对山东经济危害至深;由于水利设施遭到严重破坏,大大降低了抗灾、减灾能力,严重影响到农业生产的恢复,造成战后山东社会经济长期不振。

当时,山西、陕西百姓不愿移民山东等地,还有一个引以自豪的客观事实,那就是他们处在“环长安经济圈”,属于较发达地区。

这要回到大唐朝说起。李渊太原起兵,天下豪杰响应,公元 618 年推翻隋朝定都长安建立唐朝,公元 626 年 7 月 2 日,秦王李世民发动玄武门政变,夺得大位登基开创“贞观之治”,这些史料早已记载清楚明白,当今也有演义影视多重样式重现,此不必细说。但,唐朝帝国以长安(今陕西西安)为中心,东都洛阳,北都太原打造了“长安经济圈”,长安城成为商贾集中之地,也是长安城经济活动的中心。全国各地的商人和外国商人云集京城。唐都长安是当时国际性大都市,“九天阊阖开宫殿,万国衣冠拜冕旒”、“千官望长安、万国拜含元”,大唐朝成为我国封建社会发展的鼎盛时期。那时国势强盛,疆域辽阔,在经济、政治、文化等方面都有一定的特点和相当高的成就。

西安永宁门

唐朝社会繁荣的主要原因是唐朝政治局势相对稳定，而唐初的几位统治者都相继采取了稳定社会，发展生产的各项措施。由此，长安、陇西、太原成为大唐朝的经济命脉。

即使经过四百四十多年后，大明朝第八位皇帝明宪宗朱见深也对大唐盛世时有感叹："三代以后，治功莫盛于唐，而唐三百年间，莫若贞观之盛。""其济世康民，伟有成烈，卓乎不可及也，所可惜者，正心修身有愧于二帝三王之道，有治未纯也。然而嘉尚之者，以其可为行远登高之助也。"可见唐朝对后世的影响。而对于老百姓而言，曾经生活在唐朝帝国的黎民百姓更会经常在茶余饭后对大唐评一说二。明朝初年的陇西人也会因为是李渊祖籍的"龙兴之地"而倍感自豪。

而在明朝初年我的家乡山东省沾化县区域到底是什么样的地理和生存环境呢?

通过明朝的疆域地图可以看到，那时候的沾化是属于济南府，从河北黄骅到山东莱州的渤海沿线与现在差别很大。从东周到明朝初年，沾化县大部分是海岸线，从明初到现在的五百多年的时间里，黄河水携大量泥沙滚滚东流与大海交融沧海桑田造就了一片新土地，也就是现在的黄河三角洲。

不仅地理位置属于偏远地区，就是民俗民风也会在明朝初年山西等地的百姓中多少有些不好的印象，因为唐末的安史之乱就是安禄山和史思明以河北和山东为根据地，几路反叛大军一路往西直至兵临唐都长安城下，虽说后来有郭子仪率兵平定了叛乱，但，安史之乱却使唐朝帝国由盛转衰。即使到了宋朝，因为以宋江为首的一百零八位好汉在梁山泊聚义，山东好汉名传天下。元朝末年，元政府连年对外用兵，对内实行民族压迫，加之黄淮流域水灾不断，饥荒频发，终于激起连绵十余年的红巾军起义。元政府予以残暴地镇压，争城夺地的殊死之战时有发生，两淮、山东、河北、河南百姓十亡七八。元末战乱的创伤未及医治，明初“靖难之役”又接踵而至。冀、鲁、豫、皖诸地深受其害，几成无人之地。在元末战乱时，蒙古地主武装察罕帖木儿父子统治的“表里山河”——山西，却是另外一种景象，相对显得安定，风调雨顺，连年丰收，较之于相邻诸省，山西经济繁荣，人丁兴旺。所以，明初山西等地的黎民百姓一听说朝廷下诏往东部地区移民，可以想象，由于以上各种原因，民众是不愿意东迁的。

不愿迁移只是民众的个人想法，最后还是按照“四口之家留一，六口之家留二，八口之家留三”的迁移律令上报移民名单，各级官吏更是不敢懈怠违抗圣命，因为明太祖朱元璋登基做了皇帝后，制定了一系列治吏法令，他曾诏令天下：“奉天承运，为惜民命，凡官吏贪赃满六十两者，一律处死，决不宽贷。”六十两银子约合现在 36000 元人民币，如若有官员贪污 3 万多元就判“斩立决”，可见朱元璋治贪吏的力度之大矣！

再说，从山西等地往山东、河北移民也是朱元璋的治国方略之一——东部大开发。

山西大槐树民俗园内的朱元璋廷议“大移民方略”情景塑像

大明朝初年是百废待兴。到处“兵戮河南，赤地千里”，已到了“春燕归来无栖处，赤地千里少人烟”的境地。元朝末年除兵乱之外，水、旱、蝗、疫也接连不断。黄、淮河又多次决口，使中原之地“漂没田庐无算，死亡百姓无数，村庄城邑多成荒墟”。据《元史》载，仅元朝末年的雨、旱灾，山东19次、河南17次、河北15次、两淮地区8次，造成“漂没民庐、死者众”，“禾不入地、人相食”，明朝建立后，各地官吏纷纷向明政府告具各地荒凉情形，中原地区处处是“人力不至，久致荒芜”，“枳骸成丘，居民鲜少”，“多是无人之地”(顾炎武《日知录》卷十)，累年租税不入。劳动力严重不足，土地大片荒芜，财政收入剧减，直接威胁大明王朝统治，就连朱元璋也深知：“丧乱之后，中原草莽，人民稀少，所谓田野辟，户口增，此正中原之急务。”等到朱元璋在南京登基做了皇帝后，天下初定，但国力贫弱，朱元璋是放牛孩子出身，他深知农民没有地种没有粮食饥荒的严重性，于是采纳了蓟州苏、户部郎中刘九皋、国子监宋纳等人的奏议，为维护明王朝的封建统治，决定了移民屯田的战略决策，一场大规模的历经50余年的移民高潮就这样开始了。

在浩大的移民队伍中，有七兄弟李子忠、李子厚、李子让、李子贤（其他三兄弟皆失考，据《久山李氏族谱》）辞别父母，在村头转身双膝跪倒与故土离别，金窝银窝不如自己的老窝，今朝离开故土不知何年何月才能回归故里，想来真是生死离别，定是泪流满面，一步一回头！

第三节

海滨之民勤耕读
复沾圣化德衍绵

那我久山李氏族一世祖七兄弟是何时从陇西纪成移民到山东沾化的呢？又走的是哪条路线呢？

说起明朝移民，民间定会想到山西洪洞县那棵大槐树，“问我祖先何处来？山西洪洞大槐树。问我老家在哪里？大槐树下老鹳窝”。这首民谣在华夏大地流传了六百多年。山西洪洞县是当时移民的集结地和中转站，这些地

本书作者李冉在山西洪洞县大槐树探访 500 多年前的移民路。

区的移民临行前，大部分人在洪洞大槐树下，办理迁移手续，领取户部颁发的迁移路费，叙旧告别，然后各奔去处。

来自陇西纪成的李子忠七兄弟应该也是先到山西洪洞县报到，然后再向山东方向迁移，那么是直接到达山东沾化久山村还是另有其他路线呢？

据史料记载，明朝洪武初年前后计有移民 12 批次，其中有 10 次直接迁往河南、山东、安徽三省。明朝还有另一次大移民，就是永乐年间的第二次移民。此次移民应该说与我的家乡山东省沾化县很多村落姓氏的形成有深刻的背景和联系。明朝洪武年间移民屯田实行以后，农业生产刚刚有所恢复，接着就发生了“靖难之役”，也就是人们常说的“燕王扫碑”。

朱元璋死后，建文帝继位，为了巩固中央集权，采取了“削藩”措施，这就触及了燕王朱棣的利益，于是，他以入京祭奠为名诛奸，发动兵变，从北平进取南京所经河北、河南、山东、淮北等地，与朝廷往复作战。燕军所过之地，抢掠屠杀甚为严重。中原一些地区百姓，为了安居乐业，自动组织起来，帮助朝

廷抗击燕军。燕王对此恨之入骨。所以，当他胜利之后，就大量屠杀帮助朝廷作战的百姓。在河北、山东等地，一些家谱、族谱中，就有“燕军所至，村城成墟”，“民非杀即逃”的记载。历时 4 年的“靖难之役”，进一步加剧了河北、河南、山东等地的荒凉局面。这样一来，明王朝不得不再次实行大移民。在这次大移民中，河北枣强县成为重要的中转站，从山西等地到来的移民先到枣强县报到，然后再从枣强县分散到河北、山东等地。为何先到枣强县呢？因永乐十九年（1421 年），明成祖朱棣迁都北京，河北枣强隶属九州之一的冀州，而冀州所辖区域属于北京的门户，河北南部、山东北部也属于京都的战略要地，所以把从山西迁移来的百姓安置在河北南部和山东北部地区是朱棣治国方略的一个重要内容。

比较正确的时间和路线是，大约在永乐五年（1407 年）左右，陇西成纪李子忠七兄弟与其他移民一起先到山西洪洞县集结领取迁移证件，然后经过艰难的行程到达河北枣强县，在枣强县停留一些时日后，又从河北枣强县南下到达山东济南府沾化县久山镇。

当时明朝移民还有一个规定：凡是同村同姓同族不能迁到同一个地方。这样，七兄弟又分散迁移到沾化县的其他村落。随着岁月更替，七兄弟后人就以沾化久山李氏宗族为相互联系和走动。其中七兄弟中的李子厚迁到沾化李果村，开创久山李氏宗族李果村洋上派。

清朝康熙年间曾续沾化久山李氏宗族家谱：

李氏称望族，其从来远矣。勋业文章著名当世者，代不乏人。然本一而支分，如代远年湮，稽考无据，必欲强附其后，是舍己之祖而祖他人之祖，此冒称和靖先生之裔与妄展人墓者之取诮千古也。尊尼伯父序中言之详矣。吾李爰溯而上自由本渊，因不可考，故谱中即以七世上局久山之祖为始。如不常家修补，原谱一失，则今所谓始祖者不又同始祖以上之祖乎？尊尼伯父修谱时原约五年一补，十年一修，倶进已三十二年。吾家习文翰者愈众，此事竟置而不论，岂承先启后之意乎！且子孙繁多，条分不一派，屋址不一地。在先修谱时，即以七世祖以下散处而不询问者已不复少，今不及修，后愈难问，又谱仅一册，不无水火遗失之虞。今同弟百沐、子梗、侄栋析分而胪列之，付之梓人，详刻广布，人藏一册，以传之永久。至于后之视今亦犹今之视昔，其按时修补以属后人事矣。吾家文翰之脉愈长则吾家谱传之不泯，是在后起者之观法何如耳，尚其勗诸。

康熙六年岁次丁未二月二十八日　七世孙百沆谨记

从明朝中期到民国二十五年，沾化久山李氏宗族共修谱五次，后因时代变迁，久山李氏宗族陆续迁移到沾化县各地，有的迁移到外县和外省。民国二十五年续修家谱时，根据驻地人口多少形成十大派，某派中迁出的少数人口仍属原派。沾化李果村属于洋上派，明朝时李果村靠海洋，大部分村民以打鱼为生，所以叫洋上派。后于李果村迁到沾化流口村、利津县鲍王庄和薄王庄；滨城耒刘村；沾化富源陈家庙村现在仍属于洋上派（该村李家寨属于在城派）；大公支为官迁到沾城为在城派，于沾城迁到周围邻村邻县及邻省的仍属于在城派；个别发展成大村的，又形成了新派，如后来的尚家庄就形成了新的一派。有一支为官迁到辽宁，形成辽宁派，后又世代为官，全部搬进京城，全部改为在京派。其他还有新店派、垛圈派、久山派、泡洋河派、李家庄派等。没有形成派但仍有沾化久山李氏宗族居住的村庄有打磨李村、东山

后、西山后、大范家、无棣县邓王庄、利津县望参庄、无棣县河西营、沾化县单家和刘家庄、德州乐陵贾家巷、沾化下洼李庄、无棣县城关北、沾化县修家、沾化县张家庄、沾化县后孙家、沾化县商家、沾化县张家马道、沾化县台李庄、河北省庆云县小李庄、阳信县唐李庄、沾化县石佛庙、沾化县蔡家园子、沾化县郝家沟、沾化县沙石李村、沾化县吴村寺(今黄升吴家)、沾化县韩家、沾化县沾城北东大张村、沾城东关和西关、阳信县劳家店、利津县韩家园子、利津县张家庄、无棣县帝赐街等几十个村庄都有沾化久山李氏宗族分支。近几年,各地开始合村建社区,有些村名改动较大,具体沾化久山李氏宗族分支庞大,难以探究清楚。

2004 年 3 月, 沾化久山李氏宗族李果村洋上派十六世李桂荣（退休教师)经过多年研究,第六次续修祖谱,使李果村洋上派家谱得以传承相继!

日月轮回,沧桑风雨,李果村已历经 500 多年矣!

明王朝多次大规模地移民,虽然给移民造成了背井离乡、痛心疾首的苦难,但是在合理安排国土地利,促进全国政治、经济的顺利发展等方面,还是起到了重大的作用。另外,大规模的迁民交融,交流了文化技术,提高了国民的素养。由于移民置屋垦地,白手承建家园,客观上激发了他们的艰苦奋斗精神的发扬光大。这些,无疑对中华民族发展前进,起到了不可估量的作用。

修谱立传反映一个朝代的兴盛和衰败。现在,全国很多地方出现了续修家谱的热潮。家谱是记载同宗共祖的血缘集团世系人物和事迹等方面情况的历史图籍,它与方志、正史构成了中华民族历史大厦的三大支柱,是我国珍贵文化遗产的一部分。

第四节

家堂至上念祖德
孝道家风继世长

家谱蕴藏着大量有关人口学、社会学、经济学、历史学、民族学、教育学、人物传记以及地方史的资料，对开展学术研究有重要价值，同时对海内外华人寻根认祖，增强民族凝聚力也有重要意义。

血缘关系的另一种表现形式要数家堂模式。现在每当过年，农村很多人家在正堂悬挂家堂轴子，其实这种悬挂的家堂轴子就是一种简约格式的家谱模式。

记得我家大约是在九十年代初开始过年挂家堂轴子，村里人习惯叫“请轴子”。在农村，对于“请轴子”可是一件大事，一般在腊月二十九的下午开始忙活摆放的祭品。首先是用刀把买来的上好猪肉切成四方块，在锅里放少许油，然后把切好的方肉放入锅中煎炸一番，方肉刚放到油锅内时立刻会发出哧哧的响声，煎肉的香味立刻蔓延全屋，即使站在屋外都能闻到那阵肉香。等到方肉表面煎得发黄就用铲子盛出放在盘子里，等方肉的温度降下来后，把洗好的菠菜叶放在方肉的上面，煎得发黄的肉块上面衬有绿色的叶子着实好看。在所有的祭品中方肉是最主要的，用最实惠的方式向祖上汇报今年日子过得不错。当然，在祭品中还有很重要的一项——豆腐，同样是用刀把买来的豆腐轻轻地切成方方正正的一块，在油锅内轻轻翻转煎炸成形后放

入盘子里，再把菠菜叶子掞盖在豆腐的上面，白绿相间，豆腐——“都福”——“都有福”，昭示着农民朴实的过年祈福，让故去的先人保佑子孙后代日子多财多福、平平安安。需要准备的祭品还有鱼，鱼最好是二斤多重的鲤鱼，在锅内煎成六成熟，同样掞上菠菜叶子，年年有鱼——年年有余，过年图得就是个好收成、风调雨顺。要准备的祭品还有用面和肉馅做成的藕盒子，自己做的肉丸子等年货。

接下来就是最重要的悬挂家堂轴子仪式，把放在柜子里一年的家堂轴子取出来，用干净的布轻轻擦一擦上面的灰尘，如果在本年内有家族里的人去世，就拿细细的毛笔用小楷认真地按照族支排序填写。大部分人家是需要请家族内的或村里能写一手好毛笔字的人帮忙。对于家堂轴子上的名字排列是有规矩的，男居左女居右，夫妻二人左右对称呼应；辈分最高的在顶层一格，其他长辈名次按辈分高低依次向下排列。早先的社会，讲究男尊女卑，一般说来男人都有名字，女人的地位低贱，除富贵人家的女人外，很多女人

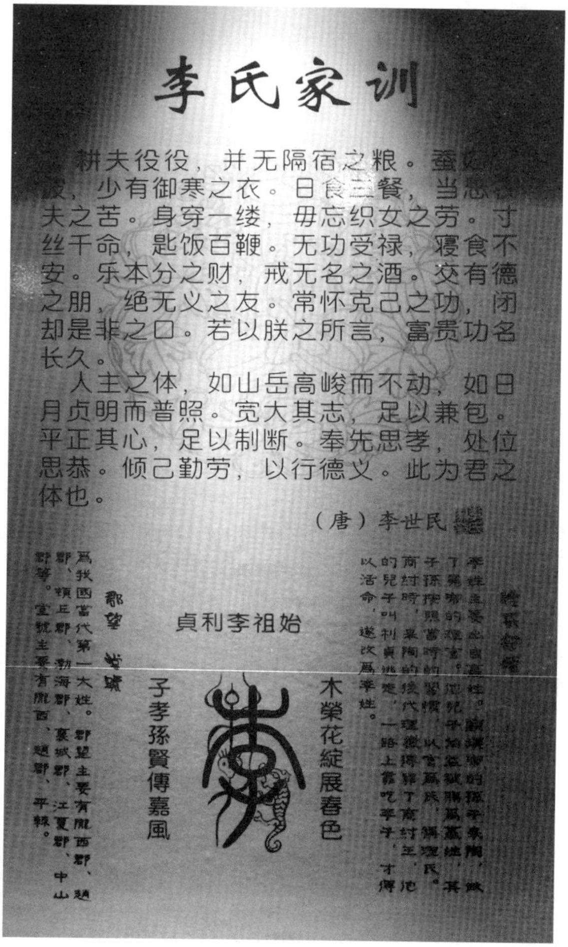

都没有正式的名字，特别是贫苦农家的女人更是如此。但女人去世后，是必定要在家堂上登记的，所以这些没有名字的女人，就只好冠以“李氏”、“王氏”或“张氏”等的称呼了。

家堂在思想内容上反映了人们对血缘关系的高度重视，显示出明确的宗法伦理观念。在家堂的最上方的那两位端坐的老人，从他们所在的位置就可见其至高无上。在古人的心目中，“夫孝，天之经也，地之义也”。在家堂那一个一个小格子里的名字，正是由辈分而来的“父父、子子”的等级秩序的反映。其次，“孝亲”情感一直在社会观念中占据极重要的位置，对逝去先祖的隆重祭祀和顶礼膜拜，正是反映了人们的这种观念。另外，人们在这种祭祀过程中，除了表达对祖先和先辈的尊敬与怀念之情外，更在于他们相信：敬奉逝去的家人，他们的灵魂就能够保佑其后人人丁兴旺、家族昌盛。首位为最高辈分，但是由于历史变革，许多老人的名讳已经无从考究，就以“供奉历代祖宗之位”代之。有些区域一行为一代，按家族排行顺序依次填写；有些区域一行为两代，同一行中右侧比左侧辈分高。单个牌位的书写：有一些区域按照男左女右的方式，有一些区域是按照中间分开，家族男性挨内，妻室靠外。牌位写法：一般男左女右，有些地区男靠中心，先考妣（尊称自己去世的父母）；伯考、伯妣，叔考、叔妣（去世的叔叔伯伯）；先祖妣（尊称自己去世的爷爷奶奶）；先伯祖、伯祖妣、曾祖妣（尊称自己去世的太爷爷太奶奶)；高祖妣(尊称自己去世的父亲的太爷爷太奶奶，对高祖之上的历代远祖也可称为高祖)。祖辈的亲属，按宗亲的范围，是从高祖开始。高祖以上的直系祖先则称为远祖、先祖、先人、鼻祖(鼻，始的意思)。堂祖父、从祖父、伯公、伯祖、伯翁、叔公、叔祖、叔翁等：这些是对祖父的兄弟的称谓。“考”和“妣”在先秦时是对父母的异称，无论生死均可用。据考证，秦汉以来，父母死后仍可称为考妣，但生前不再称考妣，考妣只用来对死去的父母之称。而且，考妣不仅用来称死去的父母，死去的祖辈乃至更早的直系先辈均可用考妣相称(在先秦时则是对先祖的泛称)。所以，在有的人家的家堂轴子下面的供桌上摆放有用红色的纸做成的纸牌，上写××妣，就是此家人当年有至亲去世，因农村习俗至亲去世三年内不能上家堂轴子，所以就用此方式过年祭奠。

腊月三十的早晨(沾化境内大体时间，其他地域有异)，把准备好的方肉、豆腐、鱼等祭品摆放在屋内正堂的方桌上，点有红点的大白馒头放上两盘，苹果、橘子、香蕉等水果也不能缺少。在方桌的前面系大红花布。把家堂轴子拿出来，工工整整地挂在北屋东面(正面为天地神位、西为佛)的墙上，

八仙方桌子就摆成了供桌。在香炉里烧上一炷香(四根,古传供奉神灵是 3 根香、鬼是 4 根,包括磕头都是神 3 鬼 4)。把准备好的冥纸拿出来,从钱夹里取出百元人民币,把百元人民币在冥纸上用力按上几下,表示这张百元人民币已经印在冥纸上,冥纸就变成钱了,当然这样的钱也只有在天堂可以"花",可以流通,甚至能买通某些鬼神!

年三十的早晨请家堂轴子一定要宜早不宜晚。请得早,日后家中会出勤快之人;挂得晚,家中将生懒惰之辈。农家人过节图吉利,所以每当此日到来,农村中的家家户户都会早早吃饭,然后就是隆重的"请轴子"仪式了。拿出一个白色的茶碗,里面放上麦子或玉米等粮食,把一炷香插入碗中,再放到茶盘里。在院子里朝西南方向把冥纸烧了,给故去的先人发去邀请函,过年了,请老爷爷老奶奶都回家过年啦!只烧纸发邀请函还不行,为表心诚和孝心,还必须亲自到村口迎接,手托茶盘,茶盘白碗内的香火点燃,头略微低下,路上遇到熟人皆不说话,香火冒出的烟漫散在身后。到了村头的十字路口处,双腿跪下,深深磕下一个头,起身回家转,同样路遇熟人不说话,回到家里,在院子里点燃鞭炮,在阵阵鞭炮声中把茶盘中的香火插在供桌的香炉中,然后点燃桌上的蜡烛(大部分只摆放不点燃),就寓意祖宗已请到,故去的亲人回到家中和后人一起团圆过年了!

供桌上的香火燃发出的青烟在家堂轴子前飘散开,轴子上画的各样的院落和人像愈加分明,轴子的上部分的顶部写有"三代宗亲",有的轴子上部还绘有两位容貌慈祥、面含微笑的老年夫妇,他们端坐在宗祠之中,象征着本家族的祖先,似有深情地俯视着子孙后代。供桌的下面是长长的甬路,甬路的两侧,画有一排排规整的格子,用来记录已逝的祖先、长辈或同族人的名字。轴子的下部分是以大户人家的房屋建筑为背景:正中是高大的门楼,大门两侧有尊中国传统的大石狮子,造型高大英武又不显得狰狞可怖。飞檐屋宇之上饰有中国传统的吉祥物,以及象征益寿延年的松柏、仙鹤及梅花鹿等。画面下部的底层,是热闹的吉庆图画,充满了新年的欢乐气氛。画中的人物分左右两组排列,左侧一组身穿明朝时代的服装;右侧一组身穿清朝时代的服装,大人们个个头戴官帽,腰系博带,谈笑风生,显得光鲜富贵;孩子们有的玩耍嬉戏,有的手举花灯,有的燃放鞭炮,显得欢乐无比。

自从年三十早上家中极其郑重地挂上家堂轴子，把故去的亲人从天上请回家中过年后,年三十(如遇腊月为小月时二十九就是年三十)、初一、初二这三天时间，家中最重要的也是不能落下的事情就是每吃一顿饭要先用碗盛上一碗饭放到供桌上,因为在家人的心灵感觉中,故去的亲人正围坐在方桌周围等着吃饭,热气腾腾的大包子,刚出锅的饺子,香味扑鼻的白菜炖肉,等等年饭摆得供桌上满满的,且放上之后还不能端走,必须要等到年初二的早晨送走列祖列宗撤下家堂轴子后才能清理供桌上的盘子和碗。当然，还有一项最重要的忌讳，院子里也不能随便洒水、不能扫地，以免冒犯神灵。供桌两旁的椅子是不能随便坐下的，因为已经有先人坐在那里看着后代进进出出地过年,高兴地正端起供桌的酒盅喝上几口哩！还有一项不成文的规定,出了嫁的女儿是不能看见家堂轴子的,也就是不能让请回家过年的“老爷爷老奶奶”看到已经出嫁的女儿或孙女,如看到会让“老爷爷老奶奶们”心里添堵不高兴。虽说这不符合现在提倡的“男女平等”,但是,如果已经出嫁的女儿或孙女辈年三十和年初一在娘家过年不外乎是出现了不正常的婚姻状况,或离婚,或与婆家人闹矛盾等原因,女孩出嫁后不能在娘家过年的习俗也是很有讲究的。

百善孝为先,对逝去先祖的隆重祭祀和顶礼膜拜,后代在这种祭祀过程中,除了表达对祖先和先辈的尊敬与怀念之情外,更在于他们相信:敬奉逝去的家人,他们的灵魂就能够保佑其后人人丁兴旺、家族昌盛。这于家于国都是有和谐社会发展意义的,不是迷信而是“每逢佳节倍思亲”的孝道。

缅怀先祖不忘本应是中华文明的传承,如果连祖先是谁都不知道了,有啥积极意义,而且家谱里面不仅记载着人名,还有好多的事迹和生平,包含着那个时代的东西,有的还有重要的社会学价值。不能单纯地把续家谱和过年请家堂轴子视作纯粹的封建迷信活动，而应当看作中华文明和民间风俗不可或缺的一部分。请家堂轴子不过是通过这种形式表达对祖先的尊敬和对故去亲人的哀思，是我们活着人的一种寄托而已，也教育后人要饮水思源，警示后人对老人要孝顺。特别是近年来，随着经济的繁荣发展和社会的和谐安定，人们的家族观念等精神层次的需求也随之增强，海内外华人正兴起一股查找家谱、寻根问祖的热潮。认祖归宗、慎终追远是中华民族的传统美德，在当今中国社会，最大的和谐就是民生和谐，而家庭和谐、家族和谐是民生和谐的重要内容。社会是由一个个家族构成的，一个个家族又联着千千万万个家庭。如果说家庭是构建和谐社会的细胞，那么家族则是构建和谐社会的基石。从这个意义上说，过年请家堂轴子其丰富的内涵对于增强人们的凝聚力和向心力，培养文化认同感、归属感和自豪感，对继承传统文化、弘扬时代精神、维护社会稳定、构建和谐社会能够起到正面的推动作用。

在 1978 年之后，特别是实行了家庭联产承包责任制后，各家各户都忙活在自己的责任田里。

曾经在一年麦收时节，村东首的荒地里陆续有人家自家开出了场院，把土整平然后撒上麦瓤，套上牛或驴拉上碌碡一遍遍转圈，直到场院平实为止。记得是一个下午，我在自家的场院里帮着大人忙麦秋，我的任务是撑口袋，打成堆的麦子着实喜人，丰收的喜悦在父亲扬起的木锨上呈半圆弧形滑落下来，我双手握着扫帚在落下的麦粒上轻轻打料，那些发青不成熟带有皮的麦粒从麦堆上扫下来单独放在场院一旁。接下来就是重要的装口袋了，我顺手捡起场院里一个口袋，刚挽了几下口袋，突然发现那个口袋的里层有模模糊糊的字迹，字是工工整整的毛笔小楷字，能辨认出的字有六世祖(考)李××之位，我十分惊奇就问正在扬场的父亲，父亲坐了下来抽了袋烟对我讲起那有字布口袋的神奇来历。

曾经有一年，村里集中把家堂轴子烧毁了。后来，某一天，村大队办公室里有人用一个大团抹布擦桌子，我父亲无意中发现那抹布上有小楷的毛笔字，细细查看竟是我们本家的家堂轴子，问那人才知晓原来是在村里集中烧

毁家谱和家堂轴子的时候随手拿起一块作为办公室擦桌子的抹布了。后来，我父亲就把那作为抹布用过的家堂轴子拿回家收藏起来。其实，我小的时候的确在家中的里间无意中看到过那个家堂轴子，厚厚的家织布上面密密麻麻写有毛笔字，有些地方还贴有纸条，当时我连小学也没有上是大字不识一个的，更没有上过什么幼儿园，九岁之前就是无忧地玩耍，夏天光着脚丫子去河里游泳，冬天穿着厚厚的棉袄棉裤和小伙伴们在村胡同口捉迷藏。对于放在家中一个大粮囤的写有毛笔字的厚布是没有任何研究的兴趣。至于后来被改成放粮食的口袋也是在解散生产队后，家里打的粮食一年比一年多起来，不再贫困，全家人有饭吃，把用家堂轴子改成的布口袋装麦子或豆子也是对先人最好的缅怀和告慰！

自从村里集中烧毁家谱和家堂轴子后，大约在七十年代至八十年代末的时间里，村里过年是基本没有请祖仪式的。后来，村里有几位老人在过年的时候悄悄地在家悬挂家堂轴子祭祀起先祖来。

家堂轴子是从邻村罗家集市上“请”来的。八十年代末，在集市的一个角落里，有几人半弯着腰，双手拿着卷着的厚纸张，下面露出手工绘画的彩色图画，高高的门楼前有几个童子正在点燃鞭炮，大门上方写有两个大字“祠堂”。

见有人路过，那人凑上前问道：“请吗？”

被问的人环顾四周压低声音说道：“行吗？”

“行，没啥事，去年好几个村过年的时候有请的，也没查的，现在谁还管这事！”

“咋请？”

那人伸出了五个手指头。

没有任何商量，想请的人从怀里拿出五块钱塞进那人的手中，匆忙卷起一个，急急的离开，消失在熙熙攘攘赶集的热闹人群中。

具体我家中过年正式请家堂轴子大约是九十年代初。因为我父亲是一名党员，对过年请家堂轴子这事还是非常谨慎的。后来，请的人家多了，我家也开始请家堂轴子。对于年少的我，过年又多了一份值得期待多放一次鞭炮的好事了。

过年缅怀一下逝去的亲人本来反映民众的崇德忠孝传统观念，祭祖也是人们对血缘关系的高度重视，显示出明确的宗法伦理。随着社会的进步，人民群众物质、精神生活水平越来越高。每逢过年过节的时候男女老少穿新衣戴新帽、欢天喜地。但是,我们并没有忘记已经逝去的亲人。于是,在过年的时候,为了表示对逝去亲人的思念之情,在家里挂起一张由许多牌位组成的家谱轴子,用来供奉我们已经逝去的亲人也是中华民族几千年来“孝道”的具体体现。

中国人重视家庭,历代也以“孝”治天下,中国的社会结构以宗族,血缘为主,造成了非常有中国特色的姓氏文化和地缘认同。

先祖者,类之本也,无先祖,恶出?孝子之至,莫大乎尊亲!

事死如事生,事亡如事存,孝之至也。侍奉死者如同侍奉生者,侍奉已亡者如同侍奉现存者,这是孝的最高表现。

中华民族文化博大精深,孝道的思想和传统始终统领着几千年中华民族文化的发展方向。中华民族文化之所以能够同化无数外来文化,其根本原因在于孝道文化。中华民族文化之所以经久不衰,成为古代世界文明延续至今的唯一的古文明,其根本原因也在于孝道文化。

从来国无史无以考善恶而觇兴衰,家无史无以明人伦而序昭穆,上自三皇,下迄元明清,未有不史者也。人莫不有本也,当思本之所在而不忘也。

“尊祖、敬宗、收族”,此为中国人传统的伦理观,而族谱实具有敦伦理而致世教的效用,更是家庭伦理教育的一部最完善范本。所以修族谱可以教育后代,敦亲睦族、饮水思源,对历史的演变,更有很大的贡献。

什么是“新”，什么是“旧”，谁是“牛”，谁是“鬼”，谁是“蛇”，谁是“神”，需要认真察焉，众恶之，必察焉；众好之，必察焉。谁谁是“大坏蛋”，都认为是大坏蛋，都把脚高高地抬起狠狠地踏下去，恨不得把“大坏蛋”打入十八层地狱永世不得翻身，到底“大坏蛋”是不是真正的“大坏蛋”很少有人去认真地思考，都说他是“大坏蛋”我为何不跟着说他是“大坏蛋”呢？反正说他是“大坏蛋”的不止我一个人，所以“大坏蛋”就这样被打倒了。如以后“大坏蛋”被平反不是“大坏蛋”的时候，好多人都悭悭不作声，心里暗自为自己辩解，反正当时不是我第一个说他是“大坏蛋”的，与我何干?!

盲从的危害很大，小则会使自己受到损失，甚至是丢掉性命；大则会使国家衰败，甚至是走向灭亡。我们唯有理性而不盲从，笃定而不冲动，才能冷静地对待问题；唯有文明而不粗暴，守礼而不极端，我们才能心怀宽容、面带微笑地向世界敞开怀抱。

老百姓过日子不要经常总是喊着口号去盲从，喜欢凑热闹有时不是好习惯！年景好，收成不错，全家人平平安安度过了一年，过年的时候在家里挂起家堂轴子在香火青烟中请先祖回家看看，是一件很平常的事情，不要贴上什么标签。

不论社会怎么发展，不论朝代如何更迭，老百姓过日子就是图个平平安安，有地种，有饭吃，有房子住，儿子大了就要盖房子娶媳妇，闺女大了就要找个好人家出嫁，老有所养，病有所医，这是老百姓最实际也是最实在的生存要求。

第五节

民风淳朴有传承
人顺家和万事兴

传承几千年的宗族文化在一定程度上对于家庭稳定和社会和谐发展起到一定作用。现在，在农村存在“情面大于法”的社会现象。同在一个村里世代生存过日子，难免会出现邻里不和或家族纷争的事情。家庭是最古老和自然的社会形态。但是，父母与能够自立的子女之间的联系，村里左邻右舍相互之间的关系，有时候需要一定家族，民间约定成俗的方式来维系，家族在

家庭和社会稳定等方面起的作用不可小视。

每一个村子，每一个家庭，每一个家族，家族和家族之间，几百年乃至几千年来，生老病死，血脉传承，民间相互协作在促进社会稳定和发展上具有历史性功绩。

村里村外相互协作的民间自然性最能体现在子女成家立业大事上。

以前，男女青年定亲大部分是由本村或外村能说会道的媒婆说合。从八十年代上推至五六十年代，差不多在每个村里总有那么几个专长说媒之人，能说会道，经常小酒不断，被村里人高看一眼，谁家如有大龄男青年更是远远地打招呼，谁都可以得罪就是不能得罪媒人，没有媒人给孩子说媳妇那可是父母之大过，孩子讨不上个媳妇，作为父母在村里走路自感矮人半截！当媒人者往往有两种方式从事说媒工作。首先，自己了解本村或外村没有找婆家的未订婚女青年，而对本村或外村未订婚的小伙更是了如指掌，如两家政治背景、经济状况等方面相差不多，专善说媒之人就开始“说细媒”，先到男方家中像煞有介事地坐在椅子上说“我给你家小子盘算了一个头”，男方家长顿时喜出望外，立刻好酒好菜招待，成不成三两瓶，这可是说媒不成文规定！酒足饭饱之后，媒人就和男方家长留下一句话：“改天我去说说，成不成很难说，我先去提提细媒！”男方家长又好话说尽毕恭毕敬把媒人送出家门。

过几日后，媒人就到女方家中，先以串门聊天开始，你家闺女不小了吧，是不是该找个婆婆家了等旁敲侧击之语！女方家长则细细问来，哪里？谁家？大人叫啥？日子过得怎么样？媒人此时在基本真实的基础上较详细地做些介绍，水分自然少不了，但骗人之语并没有，做媒人还是有自己的底线！女方家长开始并未应承，只是说“打听打听再说吧”！于是，接下来就调动各方面亲戚关系到处“打听”，你们那个村里谁家怎样？他家老辈里没干啥坏事吧？孩子长得不傻不呆吧？日子过得穷还是富？这“打听”阶段在农村着实重要，如遇与男方家庭关系处得好的则当即说“好呀，人家那个主是过日子的人家”，如遇与男方家中有矛盾者则会说道“他家呀，不行，不懂人情世故，日子过得也穷"等话语，如说的不实就是"砸媒"，"砸媒"之人在农村被人极其厌恶，如后被男方家长知晓有时会大动干戈，宁拆一座庙不毁一桩婚！总之，"砸媒"之人会被男方恨之入骨！如女方家长经多方详细打听后认为男方可以，就会和媒人说，打听了"那户人家还行"，就看孩子愿意不愿意了，于是，进入"小相"的关键阶段。

在七十年代之前，这"小相"大部分地点选择供销社门市，女孩把平日里好看的衣服穿上，两根辫子精心梳理，围上花围巾遮住害羞的脸，由嫂嫂或闺密同伴作陪参谋。男青年自然穿得精神十足，小伙子相媳妇可是"美事"，由媒人领着装作在供销社门市买东西，女方侧目细端详小伙长得怎么样，找个男人过一辈子可不是马虎之事，身高多少，腿脚瘸不瘸，傻不傻，呆不呆，都不可忽视。男方也是瞪眼瞅来瞅去，女人看男人从脚到头，而男人看女人是从头看到脚，模样俊俏肯定是不能与曾看多的《大众电影》封面女明星作比较，但，身高差不多，不是傻姑娘也就差不多。两性相吸，如遇女方把头一扭嫣然一笑，则八九不离十，此时，陪伴一旁的媒人就对男青年施以眼色，男青年立马从口袋里掏出一手绢，然后凑到女方面前没话找话说道" 赶门市啊，想买啥？"此时女方在嫂嫂的鼓动下害羞答言"想买糖块"，男青年心领神会，把手绢送过去，当然手绢里面早已包下几十块钱，如此时女方把包有钱的手绢收下，并且也拿出一个手绢送给男青年即"换手巾"，此时表示"小相"成功；如女方不接男青年的手绢则表示不同意，也有男方没有相中女方的，如女方确实长得不合心意则扭头离开，女方回到家中免不了与父母大吵大闹、哭哭啼啼一场！不过，一般在媒人的撮合下，"小相"成功率是比较高的！

"小相"之后是"大相"。这大相可是隆重热闹至极，地点是在女青年的家中。"大相"最主要的是需要女青年家中的父母等家人看看，不过，一般到了"大相"阶段其实这桩婚事已经八九不离十了。"大相"对男青年来说是非常需要勇气和胆量的，在媒人的带领下，男青年要到女方村里。街道两旁和胡同里，早已站了好多人，有女青年的七大姑八大姨，有左邻右舍的庄乡，在众人的眼前经过，免不了要接收众人的检阅，评头论足是少不了的，首先是四肢要健全，如是腿脚有毛病，走路有恙，则会有人小声嘀咕“俺看着好像是个瘸子”，另一人搭话“真是腿有毛病，不过，俺听说人家家里很富，挺有钱哩”，有钱遮十丑！当然，腿脚不好的自然是少数的。在女青年院子门口，有好多人早已在等候，首先对媒人热情接待有人作陪，然后有人则把男青年领进屋内，女青年早已在等待，虽说在“小相”阶段见过一面，此时“大相”也是彼此有些拘束不自在，女青年在炕沿坐着，把辫子拿在手中，把辫梢左右摆弄，男青年脸面涨红靠近炕沿半站半坐，双手放在衣兜或搓来搓去，因女方在“小相”时对这男青年已经见过，挑不出表面毛病，当然也说不上喜欢不喜欢，爱不爱更是无从谈起，在几千年传承下来的世俗面前，女人在婚姻面前大部分处于被动地位。此时在窗户外有人小声说话“咋听不到？”有大人也有看热闹的小孩，几个调皮的小孩扒着门缝或爬上窗沿看看人家相媳妇的场面。外边的孩子们叽叽喳喳、闹闹哄哄，大人也是有说有笑，嫂子婶娘对男青年开始评论一番。开始屋子里非常寂静，姑娘还是在那里不停地摆弄着自己的大辫梢，小伙子头也不抬，仍闷在那里直搓他那两只没处可放的手。在那时的农村，相媳妇没有卿卿我我的浪漫情怀，在通常情况下，为了实现“终生有靠”的大目标，女方只在乎未来婆家的家境优劣和未婚夫的体格强弱，至于男方的文化高低、长相俊丑、个头高矮、脾气好坏都不重要，只要模样大面上还能看得过去就行。出于对既得利益的“现实主义”的考虑，男方人口轻、弟兄少、经济条件好一点的，女方对准丈夫的体型、长相方面还可以大大放宽。那时，相媳妇多是在媒人的说合下走走形式。碰上谁就是谁——其实双方都是在听天由命“撞大运”。俗话说：“好汉子无好妻，赖汉子守花枝。”由于通过这种简单、朴素的方式相亲择偶的偶然性很大，由于金钱可以填补穷苦女人的一切缺憾，看上去很不般配、很不和谐的婚配现象，在农村并不奇怪。尽管相媳妇的“机制”未必科学，但因为男女当事人并不挑剔，加之其间还有介绍人不知疲倦、不厌其烦地积极游说、百般撮合，通过这个办法缔结“秦晋之好”的成功率却往往很高。当然，独处一房间的青年男女还是要有话没话地谈上几句，最重要的几句话定不能忘的，你看咱这事就定下，本就“小相”见过面，称不上多好也不算怎么差，姑娘羞答答应下，具体了解和相处那就是下阶段“先结婚后恋爱”了！

经过“大相”之后，男青年家中立时着手筹备订婚大事。“过柬”是男女双方订婚的重要内容。在订婚“过柬”的前两三天，男方家人需要到本家族八服之内的人家走一圈，满脸带笑，当面对家族人说明“孩子他表叔给俺那个小子说了个媳妇，打算后日过柬，三爷爷您到时候过去坐坐”。族人则共享喜悦，好啊，好啊，这是喜事嘛，到时候肯定过去。过柬当天，男方家中人来人往，笑声不断，邻居都来凑热闹，主家忙着招呼来人递烟送糖。最隆重的莫过于迎接媒人的到来，家族里名望最高的年长族长在大门口笑脸相迎，双手握着媒人的手，受累了，辛苦了，快屋里请，好话说不尽。媒人神气十足，腰板挺直，趾高气扬，说成一桩婚事颇有成就感。家中早就摆下方桌，媒人在众人簇拥下在迎门正座坐下，还有一位邀媒人也一并入座。

在沾化、利津一带，农村订婚和结婚等大事，围坐方桌是必不可少的，且座次也是半点不能马虎，一般冲门口或者面对上菜方向的位置是最主要的客人；在其对面的位置是家族里德高望重的老人，叫“陪客”。在农村家里宴请尊贵客人、长辈、年长者，须把媒人或亲娘舅等最重要的客人礼让到最正位坐，这与大城市酒店宴席大有不同。坐迎门首座的一般是两位媒人，过去农村正式订婚“过柬”需要“三媒六证”，后简化一般两位媒人即可，一位称“细媒人”，另一位称“邀媒人”。家族众多青年则站在周围忙着端茶倒水，门口不停有年轻小伙端盘上菜，四个凉菜压桌，接下来陆续端上热气腾腾、香味扑鼻的几碗热菜摆下，订婚“过柬”的最大喜悦者——刚找上媳妇的小伙子先给媒人双手端起酒盅，恭恭敬敬端到媒人面前，媒人仰头喝下，千里姻缘一线牵，媒人功劳不一般！

酒过三巡菜过五味，喝得满面红光的媒人提上男方早准备好的两个大红花包袱正式去女方家送彩礼！全家人众星捧月般把媒人送出家门口，媒人提着两个大红花包袱口袋里装好订婚钱去女方家中正式“下礼”。家族里的人并不离开，而是围坐一起等待两位媒人归来，此时最急躁不安的是男方本家，生怕女方挑出什么不是！

包袱内放写有男方长辈名字的红纸，到女方家中互相交换，俗称为“换号”，把彩礼送到女方家即“过柬”。包袱内的彩礼大有讲究，七十年代和八十年代，过柬大体有在门市里扯的布料十多件，布料从的确良到化纤布多有增加变化。订婚当然少不了由媒人代表男方送给女方家中礼钱。而这订婚的礼钱也是从几百元到现在的数万元不断上涨！近几年，农村订婚彩礼随着经济发展而不断上涨提高，九十年代初一万元之内，开始是“六六大顺”6 百 6 即 660 元，后有“千里挑一”即 1100 元，再后来有 6 千 6，有 8 千 8，现在上涨为“两不散”即 23000 元，更流行“四平八稳”即 48000 元、“都愿意”即 5 万 1（51000 元），更有甚者达到“都要发”88000 元！到底农村订婚彩礼钱上涨最先是哪里是谁定出的，打听打听谁也说不清。当然，具体情况具体办，有钱的会花得少，没钱的更花得多。无论彩礼多少，一般女方的娘家不会扣下钱，差不多等结婚时女方家长把订婚钱都给女儿陪送，娘家很少有落下的，因为作为父母，都愿孩子们过上好日子。不过，这也不能一概而论，曾经在经济贫穷年代，一个家庭孩子较多，有男孩也有女孩，如有姐姐订婚，还有到年龄的弟弟等着找媳妇，则姐姐订婚的彩礼钱就由女方父母把订婚彩礼钱留下不给闺女作陪送，而是把闺女婆家的订婚钱变成给儿子找媳妇的订婚钱，这一现

象现在基本消失，但曾经也有很多农村家庭发生过如此不该落而落下的彩礼风波，闹出官司的偶有发生。

细媒人和邀媒人提着男方备好的彩礼来到女方家，女方家中自然也摆下宴席，家族里同样有人作陪，左邻右舍跑来要糖吃的也不在少数。当然女方家长肯定是用挑剔的眼光来接收彩礼，特别是当娘的怀有复杂心情来提要求，不提害怕以后自己的闺女结婚过门后过日子吃亏，提多了也不好，广泛听取七大姑八大姨意见，随大溜吧，人家咋样咱咋样！如果女方对男方没有意见，便在上菜时摆出十样菜，拿出两瓶酒，寓意“十分满意”，媒人见菜盘成单，心中暗自明白，便在吃喝中留心众人言语，摸清底细，以便促成婚事。饭罢，“十分满意”的女方家，要将自己闺女的生辰八字写在一张红纸上，让媒人捎回去，以便男家择期娶亲。媒人在女方家中不会大吃大喝的，象征性地喝几杯酒，搞定女方家回到男方那才是真正大吃大喝起来！

在媒人又回到男方家中时，最着急的算是男方的家长了，生怕女方又提出什么新的要求，更有可怕的是女方没有收下彩礼，原样带回，真如此，表示

订婚取消，不成，那将是对男方家庭的一场灾难。不过，这种情况发生的概率很小，出现特殊情况大部分在能说会道的媒人极力说合下定下儿女婚事，因此，一般当媒人到女方家送下彩礼回到男方家中，在男方众人面前大侃自己是如何如何说服女方家人，甚至杜撰一下那闺女的娘可是了不得出了名的难来，好在自己好话说尽才收下彩礼等说媒之艰难不易，男方于是众人围拢争相端酒以示崇敬和谢意，媒人此时毫不客气，开怀畅饮，高谈阔论，订婚喜宴热闹非凡进入高潮！作陪的族长代表非常高兴，向媒人说尽感谢好话，把两位媒人奉为上宾，说尽“为了孩子操心了”、“辛苦了”等好话，此时的媒人神气十足，尽显能说会道之本领，众人皆“好啊”、“是呀”、“多亏你了”随声附和。在媳妇没有过门娶来之前，媒人着实得罪不了的，平日里招待媒人可是“成不成三两瓶”！

定下婚事之后，约定下的男女亲家，如遇大事须常走动，若女方家中有孩生日、娘满月等大事，则要“会亲家”和“看媳妇”，男方五服之内的至亲族人需要陪着，男方到女方家去，必须给女孩“看钱”，没过门的媳妇可不是随便看的！看老的，看小的，一样不能落下，如想不周到，惹女方家人有怒，则有退婚的可能，看媳妇看“闹差别”的也是时有发生。

不过需要明确的是，给子女成家立业本是做家长的义务，不要把此作为光宗耀祖的事情，在浙江义乌准新郎到浦江订婚，订婚规格按照义乌传统采取最高规格“十八担”，十八担除了酒、日用品等，还有大量现金，这些现金的总金额相当高。在当地订婚彩礼金额高达几十万甚至上百万都习以为常。不过结婚时女方不仅要归还彩礼，还要置办更多的嫁妆。这种“土豪级订婚礼”不可取。

农村结婚大都选择在入冬之后，农活忙完，地里种的棉花、豆子等卖掉添作结婚费用。结婚定日子是件大事，农村称之为“看日子”，家长拿着孩子的生辰八字到集市上在一旮旯摆摊的算命先生推算大吉大利日子，算命先生伸出大拇指在手上转上几圈，然后算准“好日子”。很多村子里也有能看日子的"半仙",请"半仙"看日子不用花钱。

男方选定黄道吉日后由媒人转达女方。结婚前一二日 (必须是双日) ,男方送五色食物给女方 (如鸡、鱼、酒、肉、蔬菜等,有的送米和面) ,名曰"下礼",又称"送催妆"。与此同时,不论春夏秋冬,男方必须给女方一套上轿棉衣,若在夏日,则将棉衣置轿内做坐垫。民国时期,东部地区趋向简单,有的只送衣料,置棉絮于轿内充当棉衣。结婚前一日,男方近族的大门贴喜联,傍晚,吹鼓手在大门前奏乐,叫"响门"。

"响门"是农村结婚的重头戏。一般主家都在结婚前一两个月订下吹鼓手,即"定差"。最早时候,联系吹鼓手大都在农村集市上,熙熙攘攘的集市一角总会出现一两个手拿唢呐之人,时不时地吹上一通,周围看热闹的人围拢过来,其中有人上前搭话,哪里的差?出一趟差多少钱?都有哪些绝活等细细了解清楚。吹唢呐之人就侃侃而谈,曾在某村某村出过差,不信可去打听打听,至于价钱是基本定价和赏钱相结合,有"288"(即 288 元)或"388"或"488"等不同价位,区别是吹奏的内容不同,主吹手的功底高低和绝活有别。

儿女结婚是大事，一般人家大都定下高价位的唢呐吹鼓班子。主家拿出一些定钱，留下地址和联系人等，临走前再三对吹鼓手叮嘱几遍"别忘了，别忘了，这可是大事！"吹鼓手手拍胸口满口应承"放心，放心，风雨无阻！"

在结婚的前三日，一般取双日，男方还要派人到女方家中送催妆。备下两个盛馒头的囤子，放上点上红点的大白馒头若干，鲤鱼六条，方肉一块，有的直接备好整个后肘子，其他烟酒糖茶一应俱全。男方选派的送催妆的两人不可马虎，首先是能说会道，如若是平日里喜欢抬杠顶牛之人万万不可用，假如到女方家中三句话不投机言语顶撞起来那可是大事不好！临走前，男方主家对从本家族选派的能办事、善于办事、八面玲珑的两人叮嘱一番，要少喝酒，多说好话，若亲家有啥新要求新说法，先满口应下回来后再商量，总之不可失礼。男方大人眼看送催妆的俩人出发后，总感觉心中七上八下，生生怕亲家又提出新的条件，结婚前一天女方追加条件添加嫁妆的偶有发生。所以，在农村"娶个好媳妇不如有个懂人气的好丈人"不无道理！

送催妆的俩人心中忐忐忑忑地来到女方家中。女方家中早有人在迎候，进屋落座，先烟后茶，寒暄一番之后，进入正题，送催妆的其中一位满脸带笑，都准备好了吗？结婚当日大约去多少人等。此时，女方家长尤其是女孩的娘总免不了唠叨几句，你看看前邻谁谁的闺女结婚的时候，人家婆婆家买的是多大多大电视，送来了多少多少大件，言语中羡慕得不得了，此时，送催妆之人就开始左右逢源，或以"真是的，你看看日子太急了、太仓促了"等话语应承，一般女亲家只是说说而已。当然，如遇在村里尖酸刻薄能挑剔的特别"口"的女亲家那可真真难为了男方，在闺女临上轿之前，女方父母提出新条件的在前几年也发生过。所以，送催妆是个"苦差事"！

总算迎来"响门"之日！男方家中好不热闹，在院子里安下锅灶，请来村里大厨，煎、炸、熘、炖，香气四溢，尤其是有一两人手中拿刀在菜板子上有节奏地剁肉丸子，并不停地把用开水泡着的花椒水浸入肉中。屋里屋外人流不断，新郎的姐姐、姑、老姑等至亲提前来到，穿得满身齐整，欢声笑语时时传出；家族里的老人坐在屋内商量明日迎娶大事，定下谁谁陪亲家，谁谁驾媳妇，谁谁拿毡，谁谁陪客等相关婚礼事宜。年轻的在不停地忙活，搬桌子，找船盘等琐碎事一样不可马虎。

下午过后，听村里街道上传来自行车的铃声，有四五人来到，车子上大包小包，有人吆喝“差来了！差来了”，男方马上有人迎接，见面不停说“来了，来了，受累了，受累了”等话语。吹鼓手班子先到屋内坐下休息片刻，抽下几根烟喝完几杯水后，吹鼓手说道“时候不早了，咱安哨吧”，其他几位打开随身携带的包把唢呐、铜锣、面鼓、笙等取出。几人陆续坐在男方大门口的方桌周围。顿时，清脆脆的唢呐声在村里响起，周围邻居和村里有好事者从家中出来站在街头观看吹鼓手并相互低声嘀咕，这人吹得好，看还有一个女的，晚上还跳舞、唱大戏哩！

唢呐声响起标志着结婚大事正式开始。村里人都知晓这是谁家的小子要结婚娶媳妇了！吹鼓手在村里人的不断喝彩声中开始施展功夫，一段“好日子”之后，又来一段“百鸟朝凤”，嘀嘀嗒嗒热闹至极！此时，男方有人拿出

两盒烟放在吹鼓手面前的方桌上,吹鼓手更为卖力,从怀中又拿出一个短一点的吹具,没有放在嘴上,而是插入鼻孔中,腮帮子鼓鼓的,两眼瞪得溜圆,用鼻子吹唢呐的确新鲜,声音闷声悠悠婉转起合,顿时周围看热闹的人掌声四起,喝彩声不断!

一般吹打三通之后,吹鼓手班子就休息用饭。此时,晚上的喜主家中热闹非凡,亲朋好友迎来送往,家族里的族人陆续到来,院子里的孩童跑来跑去欢声笑语!新郎官在拿毡傧相的带领下准备开始隆重的拜门仪式。吹鼓手酒足饭饱之后,再次吹响唢呐,穿戴一新的新郎神采奕奕,傧相把一大红包袱铺在地面,高声喊道:今天是个大喜的日子,新郎给老爷爷、老奶奶、爷爷、奶奶、叔叔、大爷、婶子、大娘和各位长辈们,还有哥哥、姐姐等亲朋好友磕头啦!新郎站在红毡前先双手作揖,然后跪下弯腰磕下三个头,再起身,双手作揖完毕,此时众人掌声响起都满脸欢喜不止!接下来,傧相还要带领新郎去本家族的族人家中拜门!一般只要看到贴上大红喜字的族人都要前去拜门,吹鼓手班子在村街头继续吹奏,傧相带领新郎进门后高声说道:大爷、大娘,

谁谁明日娶媳妇,来给您磕头啦!一般主家总会说道:好啊!好啊!来到就是哩!来到就是哩!别磕啦,别磕啦!这拜门仪式在农村有重要的家庭和谐作用,如平日里新郎家与此人家曾因琐事产生过矛盾,但在孩子结婚响门这天,在家族族长的协调之下,矛盾化解,大红的喜字贴在对方家门口,俗称"贴红纸",凡是结婚都贴红喜字的代表一个大家庭、大家族,所以,即使平日里有不快之事也会借此机会和解,和好如初一大家族。但是,也存在因为矛盾尖锐难以调解,有拒绝贴红纸的家人,真如此,则如两家有人不期而遇总会横眉立目,大有仇深似海之状,以至于造成两三代人老死不相往来。但,一般都能化解过去,毕竟都是一个祖宗血脉嘛。

拜完门,吹鼓手班子则在新房中大吹大唱一场,当然,吹鼓手也会时不时地装作休息片刻,此时有人手拿一两百钞票和两盒烟则高声喊道:新郎的大爷叔叔谁谁的赏钱来哩!吹鼓手顿时站起来了劲头,拿出绝活再吹奏一通,或者有一男艺人头上插上一朵花唱起《小姑贤》选段"刘老婶我坐上房把那心事想啊……"同时全身扭捏一番扮作农村老太太惹得众人捧腹大笑起来!

最近几年农村婚礼流行乐队，四五个年轻姑娘穿着时尚，在舞台上手拿话筒唱起“你就像那鱼儿在我的身旁……”等流行歌曲，同时有几位姑娘在台上扭来扭去跳起舞蹈！如若是经济条件好的人家则从县城请来专业吕剧团演出一晚，引得外村都有人跑来看戏，并不时称赞几句：这主家有钱，真场面哩！

响门之后，过了午夜十二点，喜主家开始包上轿饺子，已备早晨迎娶帮忙人员早餐食用。大约凌晨四五点钟，很多人就开始忙碌起来，主角新郎穿戴整齐，家人忙着下饺子，吹鼓手揉揉眼睛勉强起床，此时最能体现农村为何把吹鼓手班子叫“差”，不论风雨服务功能尽显，尤其是冬日里，天寒地冻，手拿唢呐等乐器辛苦程度不言而喻，所以有“当差不自在，自在不当差”之说。清冷冷的村落里，嘀嘀嗒嗒的唢呐声响起，开始了迎娶隆重仪式。拿毡傧相左右招呼，各帮忙之人准时到来，有一童子肩挑一担子，担子两头均有物件，其一为添满酒水的酒壶，另一头为盛有熟肉或糖块的食盒，此童子职位为“挑酒嗉子”，在迎亲队伍最前方。有几位未婚青年手拿小鞭炮和小红方纸及硬币若干，以备迎娶路上遇十字路口或桥涵河口撒在路边，结婚大喜之日祈求各路神仙行个方便。

迎娶交通工具，历史上最流行的莫过于骑马坐轿，新郎着礼服，十字披红，帽插红花，“新郎官，小登科”，前有四位童子手执彩旗开路，路上行人皆让路而行，更有俗语“即使皇帝路遇新郎娶亲也会让路”的说法。当然，迎娶方式也随历史变化而变化，曾流行过自行车娶媳妇，新郎和众人骑大金鹿或飞鸽自行车疾驰在路上，新娘子头围花头巾身穿花棉袄坐于自行车后座之上，如果迎娶路程较远且走土路，那坐在自行车后座的新娘子免不了遭受屁股颠簸之痛！后来迎娶流行坐拖拉机，如若坐在五十五马力的拖拉机后斗上曾经壮观的场面也轰动一时。近年来，娶亲坐汽车相当普遍，从面包车到桑塔纳，从奥迪轿车到大奔驰或宝马更显得气派，动用飞机的娶亲也曾出现在土豪级婚礼上！

迎娶队伍到达女方村头，有青年点燃鞭炮，以示向女方传达信息，此时女方早有人迎出把新郎官安排就座，并陆续不断大鱼大肉上桌，新郎官端坐

新娘子在上花轿出嫁前，总是对奶奶等家人有好多话要说，有些恋恋不舍。

椅子上，不苟言笑，正襟端坐，不论何人进出皆不起身，尽显新郎官之尊贵！女方有一老人作陪，手拿筷子频频说道，趁热吃！趁热吃！小孩子夹不到菜可以站起来，客套话不断。席间，有人拿来一碗，每一样菜夹一点，然后拿出一大白馒头，掰开后一半递给新郎，另一半给新娘子送去，寓意同心馍。快到酒足饭饱之际，坐于一旁的拿毡傧相给新郎官施以眼色，新郎心领神会趁人不注意悄悄拿起饭桌上一双筷子塞入怀中，筷子“快子”吉言早生贵子！

与此同时，新娘子盘腿坐于大炕之上，孩提女伴相互簇拥细说闺密之语，七大姑八大姨左看一眼右看一眼，闺女出阁也是隆重至极。历史上新娘子戴凤冠，披云肩，绫罗绸缎。不过，五六十年代，新娘子革命化或军事化潮流曾为几代人的难忘记忆，一身绿军装，胸挂领袖像章，手提两把暖壶和瓷缸，新郎新娘手拉手夫妻双双把家还曾是很多人豪情万丈的革命婚礼仪式。七八十年代，新娘子身穿的确良或卡其布就算满足，冬日结婚戴围巾穿大花棉袄或者披上一件风雪衣那可是相当流行。自九十年代后，女孩结婚就开始中西结合，高盘头，穿婚纱，携伴娘等新潮越发时尚。新郎西装革履，手捧鲜花，也是到处流行。

新娘子上轿之前，新娘子的奶奶拉住即将出嫁的孙女的双手，着实舍不得，哎，舍不得也得舍呀，男大当婚，女大当嫁，家家都是如此！有时即将出嫁的新娘子还要对身边的哥哥姐姐或弟弟妹妹说上几句心里话，要听奶奶的话、听爹娘的话！此时，即将出嫁的姑娘免不了落下几滴幸福的泪来！

良辰吉时已到，娘亲用手扯起衣服一角放上几把铜钱让自己的闺女抓一把，抓的多寓意以后日子越过越富。然后，有兄弟用椅子把女孩抬着送上花轿。不过，现在流行新郎官抱起新娘子上花轿的做法慢慢被老人认可。

新郎在轿车前洒下敬天敬地的三杯酒之后，鞭炮响起，娶亲队伍在唢呐声中离开女方家，现在广为流行的轿车车队缓缓开动，十几辆车甚为壮观。录像、摄影忙个不停，路遇十字路口或桥涵照样撒下红纸和燃放鞭炮。婚礼

车队缓缓进村，男方家人聚集大门外，村里好事者站立街头开始评头论足。有两位年轻妇女穿戴一新站在大门口，急匆匆迎接迎娶车队到来，接下来此二人任务极其重要，属于本家族内长相出众能说会道之人且属相还有些讲究，她们是专职“驾客”或称“驾媳妇”，主要工作内容即完成新娘子下轿和入洞房的传统礼仪性服务，二人身后跟有一孩童双手托着一船盘，船盘里放有镜子一面，年糕一个，马鞍子一副，等等！

喜庆鞭炮响起，娶亲仪式达到最热闹程度。此时，新郎从车上下来，新郎的母亲急匆匆走来，只见从新郎手中接下两个从女方家中带来的大白馒头，然后，把一块糖塞入新郎嘴中后，新郎母亲转身包好那个馒头急忙回转家中，找一粮囤埋入粮食之中，此之谓“福馍”意即越过越富有。

俩“驾客”站立新娘子的车辆前，打开车门，先用船盘里的镜子围绕新娘子前后左右照一番图个大吉大利，同时，还用一双筷子夹上一块年糕在新娘子的嘴前照应一下，过门之后新媳妇的嘴要甜，更要注意分寸该说的说不该说的不说，能够处理好婆媳关系是一门大学问。

完成系列规定风俗，新娘子下轿，有一青年小伙站在高处撒下混有糖、花生、小火烧等小零食，很多小孩免不了在地上你争我夺一番。经过拜天地、拜父母大礼之后，新娘子入洞房，好事的青年把新郎拉入洞房免不了出各种花样开始闹房。

现在农村青年结婚流行餐车宴席，既省事又方便快捷。

女方送客在男方众人的前呼后拥之下进屋就座，亲家之间相互拉着手满脸喜悦客套话说不完，女方亲家总会说道：孩子在家娇生惯养，不懂得啥礼仪，过门后你们担待担待吧！男方亲家立刻赔笑说道：俺会拿着孩子当自己的闺女待，放心吧，老嫂子！欢天喜地会亲家最是热闹不过的了！

接下来，七大姑八大姨等亲戚开始坐席，厨房里热气腾腾香味四溢好一番忙碌，家族里人相互帮忙端茶倒水分工负责。女方亲家和前来的亲戚都分散在周围邻居家中坐席，安排有头有脸的亲戚坐下迎门首座，其他亲戚围拢坐下，推杯换盏，酒过三巡，菜过五味，男方家长每席敬酒，总会说尽“吃好喝好”感谢之语。酒席的迎门首座安排在农村甚有讲究不可乱，首先是亲娘舅排第一席，往下依亲戚重要程度几经调整安下。当然，也有安排失误之时，酒席间引起来客满脸不悦挑理，有时喜事变成坏事。不过，此事很少发生，一般都“好好好，是是是”只为喝顿喜酒而来！

经过白天忙碌，晚间娘家有多人前来“送饭”，来的是新娘子娘家家族里的叔叔兄弟们，前前后后十几人之多，每人都挑着盛有水饺或面条的船盘，晚上男方盛摆宴席招待所有来“送饭”的娘家人，好话说尽不可落下理。娘家人“送饭”意即以后过日子吃穿不愁越过越有。近些年，娘家人“送饭”习俗逐渐免去，喜事简办。

晚上，好多青年人约好来闹房，选出一人执事，手拿一筷子，频频发出闹新郎的点子，周围人跟着起哄，热闹节目创新繁多，流行的有"点烟"和"敬酒"的点子。执事让新娘子点燃火柴给新郎点烟，新娘子穿着大花棉袄羞答答低着头开始不配合，执事就把筷子对准新郎的耳朵高高举起轻轻落下，当然，有时也会真打下去，疼得新郎"哎哟"大叫一声，低头坐一旁的新娘子用眼角余光看去，难免心疼新郎，索性配合闹房游戏节目，但，火柴点燃后当快到新郎面前时总会有青年要"坏心眼"轻轻吹出一口气，火柴熄灭，众人开心大笑取乐，羞得新娘子头再次低下。几次三番，新娘子给新郎"点烟"游戏节目才算完成，周围人总会掌声四起。接下来是"敬酒"节目，执事先示范，口中念念有词：这酒是好酒，供销社里有，妻子端起来丈夫喝一口！

闹洞房是“三天不分大小”，新郎新娘乃至新郎的父母往往会被他人甚至晚辈们取笑捉弄，被捉弄取笑者不能生气，以免破坏新婚的喜庆气氛。当然，闹洞房的人也不能太出格。不能闹得太久，以免影响新婚夫妇休息。尤其不可粗暴起哄，引发不愉快的事。婚姻，无论对谁而言，毕竟是人生之大喜、人生之大事，闹洞房分寸要达到皆大欢喜！

闹完洞房，众人散去，一对新人二人世界。

洞房花烛夜，金榜题名时。新婚燕尔，良宵美景……

半夜，窗外突然有人影晃动，原来是好事的青年在“听房”趴窗角！

接下来，喜事不断，十月怀胎，一朝分娩，一个新生命给一家人带来了生活的乐趣和新的希望。

血脉有了新的传承！一个家庭的建立承载祖辈衍绵的血脉相连，是对祖上的一种告慰。家庭是社会的细胞，家和万事兴，家庭的稳定关系社会的和谐发展。

第六节

问吾祖先何处来 陇西成纪故里寻

在前文中提过沾化久山李氏宗族明朝进士李鲁生所续写的家谱序中有"陇西成纪"的注解。

那"陇西成纪"现在属于哪里？经过 600 多年的历史苍苍，还能追寻到祖上渊源之地吗？

据考证，"陇西"一词由来已久，原来古代"陇"与"垄"相通，指的是田埂。《史记·项羽本纪》中记载："乘势起于陇亩之中。"这里的陇就是田埂的意思。古代人看到横亘于关中平原西部的山脉如同田埂一样，就称之为陇山。《辞海》中说：陇山是六盘山南段的别称。又称陇坂，在陕西省陇县西，南北走向，延绵约 120 公里，是渭汉平原和陇西高原的分界。这个陇山在甘肃古代地理中有着非常重要的意义，将陇东、陇南、陇西称为三陇之地，后来又变成

甘肃天水秦安县风

了甘肃的简称。由于命名同陇山密切相关,古人自然将陇山以东划为陇东,陇山以西为陇西。而今天的陇南市和天水市、甘南的部分地区为陇南。所以甘肃也有三陇之地的说法。到了后来,人们将黄河以东、陇山以西的地区又统称为"陇右"。陇西地处黄河最大支流渭水上游,即甘肃省南部渭水流域陇西盆地,自然地域开阔。渭水流经全境,境内山川雄壮,风光迷人。千年郡州治所,文化积淀深厚。陇西又是古丝绸之路和新亚欧大路桥的必经之地,以悠久的历史彪炳于华夏文明史册。

陇西是李氏的渊源之地。成纪李氏的代表人物首推李广。《史记·李将军列传》说:"李将军广者,陇西成纪人也。"《汉书·李广传》写道:"李广,陇西成纪人也。"其次要数李渊、李世民父子。《新唐书·高祖本纪》载:"李渊,陇西成纪人也。"再次是大诗人李白。范传正《翰林学士李公新墓碑》说:"其(李白)现陇西成纪人。"这样说来,成纪李氏的代表人物在历史上是非常有名的。郑樵于《通志》中指出:"唐家有天下,必欲世系详明,然自成纪令之后,信以传信,自成纪令之前,疑以传疑。盖谱牒之家疑信相半。尚为成纪令,因局之,其后遂为陇西成纪人,故言李者称陇西。"因此,历史上所称的陇西李氏,实指李广、李世民为代表的陇西郡成纪县李氏。

根据《新唐书·宗室世系表》记载,从汉李广到唐李渊,成纪李氏共繁衍了二十四代,先后有数十房分支

迁居他州他郡，这便有了新居地一支李氏的氏族和后裔。如范阳房、顿丘房、渤海房、申公房、丹阳房、安邑房、平凉房、镇远房、姑臧房、敦煌房等。李唐王朝统治中国 290 年，其宗室王前后有 41 房形成 41 个盛大的分支。这样，唐以后成纪李氏的分支就遍布全国各地，在中国姓氏中，形成一支人口众多、分布广泛、枝叶繁茂的氏族。

有声望的大家势族在一个地方住久了，影响不断扩大，人们不仅敬仰其人，而且仰慕其居住郡，这样就形成了郡望。唐朝人仍十分重视郡望，成纪李氏从李广到李渊，经过八百年的奋力拼搏，成为陇西郡第一的名门望族。自李渊始，成纪李氏后裔登上九五之尊，问鼎神器，一统天下几乎三百年，其名与望均为他人不可企及。因此，不论从成纪分出去很早的李氏后裔，还是分出去较迟的，都把陇西郡作为自己宗族的郡望就是自然的事。李白说：“本家陇西人，先为汉边将，功略盖天地，名飞青云上，苦战竟不侯，当年颇惆怅。”这里李白既承认是李广后裔，又自谓陇西人。唐朝是我国历史上一个繁荣昌盛的封建王朝，经济、文化和人口都有很大的发展。经过唐以后一千多年的发展繁衍，成纪李氏的分支及其后裔多得不可计数。成纪李氏的后裔不仅遍布全中国，而且遍布世界各地。

由此说来，陇西成纪是中国第一大姓李氏的发祥地。

陇西成纪是甘肃省最知名的地域，人杰地灵，英雄辈出，传说是女娲的出生地，而古成纪又是人文始祖伏羲的诞生地。陇西成纪是个历史文化概念，据《汉书·地理》记载，最早设置的汉成纪属于天水郡，而陇西郡没有成纪县。她的起源与流变是个非常复杂的问题，与伏羲文化有直接的关系。

陇西成纪是否是山东沾化久山李氏宗族李果村洋上派的渊源之地呢？

2014 年 9 月，带着我沾化久山李氏宗族李果村洋上派先祖五百多年的梦想，我踏上了探访“陇西成纪”的千里行程。出发前，我在村头包上了一捧黄土，我带着祖上五百多年前的思乡梦“魂归故里”！

火车由东向西开进，透过窗外看到蜿蜒的山脉，我似乎看到了在五百多年前携带明朝迁移证的先民们正行走在山间小路上，推车的，挑担的，成群结队在由西向东迁移，负责迁移的明朝官员不时地发出吆三喝四的声音，州府县衙的快马在队伍旁边奔驰而过，背井离乡的移民怀着沉重的心情不时回头看着渐渐远去的故土，又不知经过多少时日才能到达新的迁移地。

马蹄声声故土难离，尘土飞扬何处是他乡？

中转西安，我终于到达了甘肃省天水市。天水市自古是丝绸之路必经之地和兵家必争之地，是华夏文明和中华民族的重要发源地，也是国家历史文化名城，享有羲皇故里、娲皇故里、轩辕故里的荣誉，羲皇始创八卦，天水被誉为“易学之都”。伏羲文化、轩辕文化、大地湾文化、先秦文化等博大精深。天水是“人首龙身”的人类始祖伏羲出世之地，是龙的故乡，故天水素有“羲皇故里”之称。现天水市西关伏羲庙，首建年代距今已有七百多年的历史。伏羲是中华民族的始祖，天水本地人把伏羲庙称为“人宗庙”。

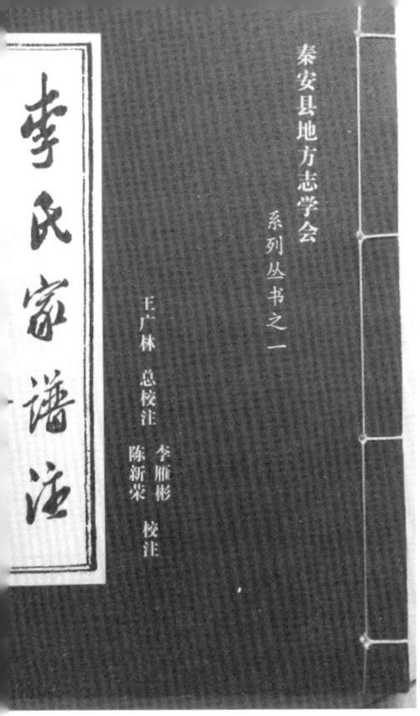

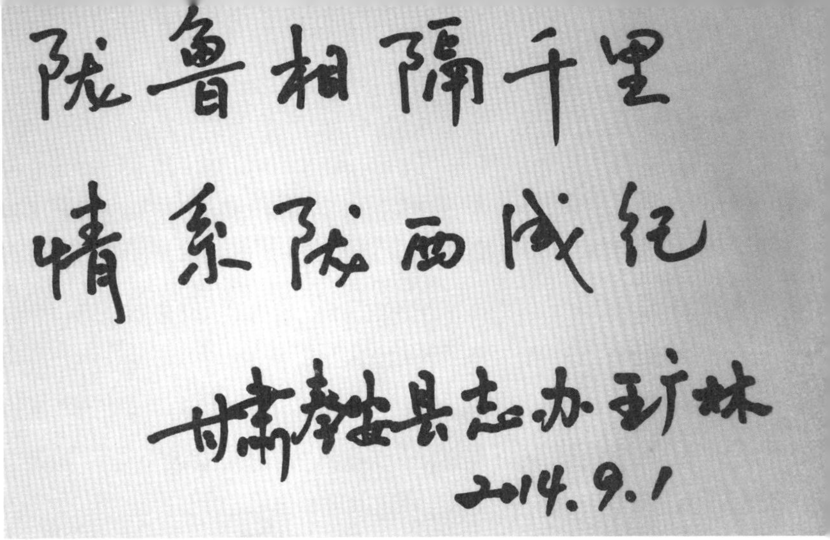

经过多方探寻，才获知陇西成纪就是今天的天水市秦安县。带着祖上五百多年前的梦想，我到达了甘肃省天水市秦安县，站在凤山往四周望去，山脉起伏，秦风犹存，但，具体祖上准确的住址村落难以寻觅，于是，我把从沾化李果村带来的一捧黄土撒在了秦安县凤山上，也算是祖上“魂归故里”。

在秦安县，县委宣传部和县志办的领导和专家老师对我“千里寻根问祖”热情接待，县志办王广林主任挥笔题写下了“陇鲁相隔千里，情系陇西成

甘肃省秦安县地方志办公室主任、县地方志学会副会长兼秘书长王广林（左），县地方志学会副会长、原县志办主任王文杰（右）对本书作者李冉（中）千里寻根问祖给予热情接待并赠送县志办整理编著的《李氏家谱注》一部。

纪”的赠语，并把一部《李氏家谱注》赠送与我。这本家谱是秦安县志办在郭嘉镇下乡考察时意外发现的，已成为孤本，能流传近百年实属不易。谱中系统地梳理了李姓发展变迁的历史过程、分布及源流关系，尤其是对陇右李氏的分布及来源作了详细的记载。佐证了秦安与成纪、秦安李氏与成纪李氏的关系，明确了秦安为成纪李氏郡望的地位。《李氏家谱》的发现确立了秦安李氏文化研究的重要地位，同时也为凝聚天下李氏和为李氏同胞寻根问祖提供了宝贵而真实的资料。

回到家后，本书作者李冉的父亲细读甘肃省天水市秦安县县志办赠送的《李氏家谱注》，高兴地说：“这部家谱太好了，把咱李果村李氏族500多年以前的家谱接上了！”经查对历史分析，这部家谱把山东省沾化县久山李氏宗族李果村洋上派血脉渊源上推3000多年前。

第七节

中华民族之全体
均皆炎黄之子孙

虽然，我到达甘肃天水市秦安县没有找到祖上五百多年前明确的迁移地址，但，站在伏羲城前，眼前看到的“同根同祖，中华共祭”，在心中产生了莫大的感怀：一个村里有几个姓氏共存共发展，一个地区更是由很多姓氏族群衍绵，我们中华民族更是有百家姓和五十六个民族组成。尽管原始社会主要是以血脉为纽带组成氏族社会被后来的各朝代代替，但以血脉关系维持社会发展的脉络，不论朝代如何变化，老百姓的血脉永远不可切断，因为，中华民族就是一个大家族，五十六个民族是一个大家庭。

只要有家谱，就要有始祖，那么我们中华民族大家族的始祖应是谁呢？

有一点必须明确，我们中华民族的始祖，并不是进化过程中的那第一个“人”，这一个“人”应是在我们华夏大地上第一个从猿猴变成人的那个人，可是那个人又是谁呢？谁知道？答案是谁也不知道！人类学以及考古学研究表明，大约500万至300万年前，地球上出现了人类。由于当时的人类处于蒙昧时代，不要说数百万年前，就是几万年以前的人类是如何生存发展的，我们至今只能凭借考古资料、民间传说和仅能保存下来的史料记载世代相传。

轩辕庙

关于华夏大地的史料记载，只有七千多年前的伏羲氏才称得上是具有这样崇高地位的部落首领。

中华民族早期血脉来自华夏、东夷、苗蛮三大族群，到秦汉之际形成中华民族的主体血脉。炎帝和黄帝是华夏族的代表，伏羲是各族共同尊奉的先祖。在当代社会，汉族和许多少数民族仍然保留着伏羲创世神话和祭祀伏羲的习俗。伏羲作为“有大智”的思考者和发明创造者，作为各民族团结协作、寻求生存与发展的历史象征，对中华民族的文明进步和发展起到了不可估量的作用。

伏羲的母亲是华胥氏。华胥氏是中国上古时期母系氏族部落的一位杰出女首领。华胥氏生下伏羲和女娲，伏羲和女娲生少典，少典之子即炎帝和黄帝。开辟了中华民族的发展史。《史记》开篇有“帝者，少典之子，姓公孙，名曰轩辕”。黄帝与炎帝，又与居住在东方的部落、南方的部落一部分逐渐融合，形成了春秋时期的华族，汉以后称为汉族。在当时中原地区的民族和部落中，黄帝族的力量较强，文化也较高，因而黄帝族就成为中原文化的代表。炎黄二帝就成为汉族的始祖，也被人们称为中华民族的始祖。因为炎帝和黄帝都为一家，后分家治理不同的地域，家族的第一原则就是合族，而不是杀得你死我活，最后炎帝的小宗归为黄帝的大宗，所以从黄帝开始，尊黄帝为人文始祖，华夏道统的象征。而后的华夏文明其实就是在炎黄血脉之内。因而，人们往往称中华民族是“炎黄子孙”或黄帝子孙，炎黄子孙就成了中华民族的代名词。

到现在能够大体清楚的是我们中华民族有 170 万年的原始社会发展历程，这 170 万年的历史能够留存下来的印迹少之又少，仅存的一些原始文字记载也在秦始皇“焚书坑儒”的大火中烧毁了。所以，我们中华民族大家谱的始祖是在原始社会指引领人类走出蒙昧并给原始人类在生活、生产实践以及意识形态领域带来重大变革和影响的人人所敬仰的部落首领。

黄帝手植柏位于陕西省中部黄陵县轩辕庙院内，高 20 余米，胸径 11 米，苍劲挺拔，冠盖蔽空，叶子四季不衰，层层密密，像个巨大的绿伞。相传它为轩辕黄帝亲手所植，距今五千多年，是世界上最古老的柏树。

黄帝

第八节

两岸同胞一家亲
中华民族统一梦

在面对外国强敌侵略而处于亡国亡种的危机下，“炎黄子孙、黄帝子孙”的概念，成为以祖先崇拜为基本文化的中国人构建民族凝聚力的符号。抗日战争时期，“炎黄子孙”的称谓在抗敌烽火中定型为中华民族的指代符号，成为号召与激励海内外华人共同抗战的一面旗帜。在中华民国时期，“中华民族之全体，均皆黄帝之子孙”，全体中国人皆为炎黄子孙已成为共识。

我们统一的中华民族就是五千年来中华文明长期融合的结果。历史已经证明，中华民族始终围绕着华夏文明发扬光大，造就了今天的中国。在中国的这块土地上各民族是你中有我，我中有你。分裂而国弱，知耻而后勇，历史是很沉痛的！

中国的版图在华夏这块土地上千余年来，各民族融合为统一的中华民族。一个大家庭的形成过程是几千年历史形成的，所以任何分裂主义分子、任何西方列强想分裂我国的企图必将失败。

统一的多民族国家和多民族的统一体是历史的选择，是56个民族的选择，是历史形成的唯一正确的选择，决不容颠覆和破坏。中国是一个历史悠久的、统一的多民族国家。从夏商周三代时期起，中华民族的先民就通过无数血缘部族的生长壮大，融汇聚合，逐渐形成了一个多民族的统一体。

从民族发展的角度看，一部中国历史，就是一部多民族共同创造中华文明的历史。中国各民族的祖先在漫长的岁月中自强不息，交往联系，唇齿相依，共同创造了多民族的统一体和统一的多民族国家。

无论从历史渊源或现实发展看，中国作为统一的多民族国家，中华民族作为多民族的统一体，都是一个完整的、不可分割的整体。

海隅久念苍生困，耕凿从今九壤同。

两岸同胞血脉相连，都是一家人，中华民族的大一统是历史大趋势。

中华民族的统一梦是“中国梦”的大梦想之一，这个大梦想能够实现，也一定能够早日实现！

第二章

天脉有常

——蓝天常在　青山常在　绿水常在

曾经被很多人热议的“APEC”蓝，揭示的是人类与自然关系的现实命题，是共生、共赢、共荣，而不是征服、改造、索取。让我们赶快行动起来，实现中国梦，建设生态文明，保护好我们赖以生存的环境，就是给子孙后代做了一件最有意义的大事情。

我们在实现经济发展的同时，建设美丽中国更要给子孙后代留下更多绿色的发展空间。“天道有常，不为尧存，不为桀亡”，大自然运行变化有一定的规律，它不会因为尧的圣明而存在，也不会因为桀的暴虐而消失。如果违背了自然的规律，人为的主观改造，会适得其反，人类就会遭殃。保护好我们共同的家园，创造更舒适的居住条件、更优美的环境，为子孙后代留下水更清、山更绿、气更净的生产生活环境。

蓝天白云下，鸟儿在飞翔；蓝天常在，青山常在，绿水常在，让孩子们都生活在良好的生态环境之中，这也是中国梦中很重要的内容。

青山绿水旁，我们放飞梦想的翅膀……

第一节

道法自然疏桑田
洚河盛景“小江南”

清朝末年，八国联军侵入北京，清王朝摇摇欲坠。咸丰五年（1855年）前后，中国开始沦为半殖民地半封建社会。清政府进入多事之秋，中国大地战火四起，风起云涌的太平天国农民革命运动和帝国主义的武装入侵震撼着清王朝，阶级矛盾和民族矛盾都十分尖锐。

但是，就在清朝末年，我的家乡山东省沾化县李果村周围区域却富足一方成为山东的“小江南”，这就是历经半个世纪的——洚河盛景。

洚河是山东境内的一条小河流。这条河现在已经不存在了，只有上了岁数的老人有时提起陈年旧事才谈到这条河，且真正见过这条河的人现在也是八十岁以上的老人了。查阅民国版的《沾化县志》只有一小段文字记载：

徒骇河下游辟一巨埠，名为洚河码头。设东海（关）、厘金局。富商大贾联袂毕至，茶馆酒肆无一不备，帆船林立，夏秋间不下千艘。宁波船装运竹货、糖、纸等类，络绎不绝；复由东三省、吉林等处运来的松、杉等，源源而来，颇极一时之盛。

自小时候我就听老人们常常提起，我家祖上曾经在滏河有过比较大的渔船，那条船主要运输货物，北上曾经到过辽宁，南下到青岛和烟台，货物以蔗糖和木材为主。后来家族上经济开始富足，曾于清朝嘉庆年间义务为村里打过一口井，村里乡亲吃水方便了，时间长了大伙就把我族上称为“探井”，至今这一叫法仍在村里时有提起，且当时在沾化下洼、泊头等地也开有字号为“探井”的货栈，当地也有很多人知晓，多少有些名气。

但，最有名气的字号当属邻村西孔村的“庆聚成”了。

“庆聚成”是用宽厚的土坯建造的一座北方城堡式庄园，对于这个特大的土木城堡我有极其深刻的印象，因为我曾经在那个城堡内度过了初中读书生涯，“西孔中学”曾经是周围十几个村里两千多人的母校，虽然现在西孔中学早已停办多年合并到别的中学，但是只要一提起西孔中学会成为很多人的记忆。

比较准确的说法就是西孔中学曾经是一个四合院，这个院子还不是真正的“庆聚成城堡”，而作为中学院落的应该是当时长工们居住的房子，大门是由几十根碗口粗的方木组成的栅栏门，从外面能看到里面的情景，那个粗壮的栅栏门朝东，如有早上去晨读的学生去得早会从栅栏门的上方爬进去，有时从西厢房的教师办公室内突然传出人的咳嗽声，那是一位上了年纪的老师住在学校，又因为他经常去邻村罗家村大集上买上些许旱烟抽所以在那个静寂而幽深的院子里时常会传出咳嗽声，很多学生都对那位和蔼可亲的李老师非常熟悉也就不会害怕了。真正让学生们感到害怕的是北邻那个用高高土墙修建的庆聚成大城堡，那个城堡南北各有一个厚重的大门，如开门时会发出吱呀呀的声音让胆小人产生胆怯。我曾经与一位同学在一个中午午休的时候悄悄地进入过那个城堡，也仅有那一次探险，因为早听人说那个大城堡内经常有位白胡子老头出现，还有什么黄鼬大仙和一条大蛇，听说黄鼬大仙经常变成白胡子老头时不时地咳嗽几声，那条大蛇据传有挑水的扁担那么长，有时缠绕在房梁上吐出鲜红的芯子，有时爬到院子里缠作一盘

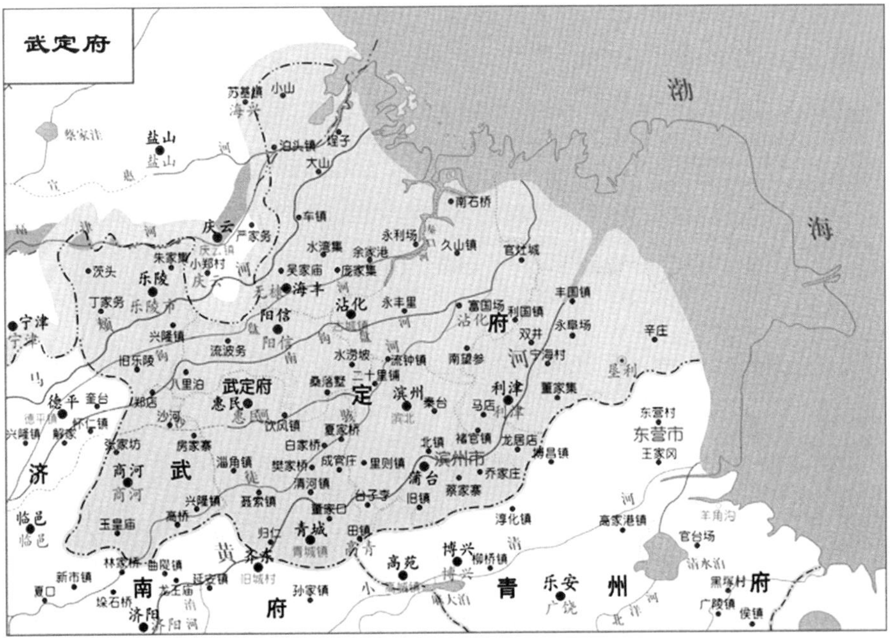

清朝末年山东地图(部分)

晒太阳。西孔村有老人传说曾经见过那条大蛇，扁担长的蛇身上白中有些黄色斑点，大蛇盘踞在存放粮食的大房间里，半夜传出老鼠的吱吱的惨叫声！还有传说某一年城堡的主人去济南府办事，当走在路上时有人和他打招呼，主人很生气地说：我来济南府字号上收账，你跟着来啥，快回去！那人真的一转身不见了，据传是城堡内的黄鼬大仙变化的，具体是真是假也只有城堡的主人知道了。

这座“庆聚成”大城堡的主人叫王云升，当时在沾化县甚至济南府都是很有名气的人，富足就不必说，能在400亩地上修建起一个“庆聚成”城堡那可是需要用很多银子的，当时王云升做生意主要是因为靠近一个码头——浲河码头。

第二节

黄河之水天上来
奔流到海不复回

洚河在史书上基本上没有记载,在清朝以前没有这条河,现在这条河也不存在了,这条神秘的洚河到底是怎样形成的?对当地的社会经济造成了什么样的影响呢?

后来,我经过多方面查证,比较确切的说法是,洚河的形成原因是一次黄河大决口导致的重大水灾!

清朝嘉庆二十五年(1820 年),嘉庆皇帝去世,皇次子爱新觉罗·□宁继位,他就是清朝第七位皇帝——道光。这位道光皇帝登基后,节俭国库开支比较会过日子,但清朝好年景已经过去了,“宣宗恭俭之德,宽仁之量,守成之令辟也。远人贸易,构衅兴戎。其视前代戎狄之患,盖不侔矣。当事大臣先之以操切,继之以畏葸,遂遗宵旰之忧。所谓有君而无臣,能将顺而不能匡救。国步之濒,肇端于此”。此时“乾隆盛世”已成为历史的陈迹,清王朝由盛转衰,大清帝国已不再是壮歌长啸的雄狮,而成了遍体鳞伤的病狮。1840 年,英国人用坚船利剑打开了闭关锁国的清政府大门,鸦片战争爆发。英国商人在中国广东海域走私鸦片二十多年不止,林则徐在广东虎门强行销烟,中英矛盾逐次升级,而战争以中国失败并赔款割地告终。由此签署了中国向英国赔款 2100 万银元(约合现在人民币 30 亿元)、割让香港等丧权辱国的近代中国第一个不平等的条约《南京条约》。中国第一次向外国割地、赔款、商定关税，严重危害中国主权。使中国开始沦为半殖民地半封建社会，并促进了自然经济的解体。

受影响的不仅仅是黎民百姓，就连几千年来对中国文明的历史进程起着巨大影响成为中华民族母亲河的黄河也处于溃堤的危险境地。因为管理黄河事务的河防官员和户部官吏沆瀣一气，互相利用，结成伙伴，上下其手，将许多河防资金落入囊中。再加上清政府还要筹集欠款每年按照《南京条约》的有关条款赔偿向英国送去耻辱的白银，也就不可能每年支出治理黄河的费用，在内外蛀虫的蚕食下，千里黄河大堤已经岌岌可危。当然，在道光皇帝以前，客观地说清政府以及以前的朝代在治理黄河上还是很有功绩的，这在历史上是不能否定的。

黄河的治理溯源久远。大禹治水的故事被历代传颂，“禹之行水也，行其所无事也”。大禹不是用人力去与大自然对抗，而是顺其自然，因势利导，给洪水找出路，所以他是“疏九河，瀹济，漯而注诸海，决汝、汉，排淮、泗而注之江”，洪水导入长江，排入大海，终于有所归依。大禹治水，最感人的是关于他本身的传说。他在治水中表现的坚苦卓绝的作风，忘我的精神，坚韧不拔的意志，在中国人民心目中历久弥新。长时间在外治水，无暇顾及家庭，顾及儿女私情。《庄子·天下篇》载：昔者，禹之湮洪水、决江河而通四夷九州也，名山三百，《尚书》所述的，是禹娶涂山氏之女为妻，新婚仅三四天，便出发治水，儿子夏启呱呱坠地，他没有见过一面。孟子说“禹八年于外，三过其门

黄河孕育了中华文明，早在石器时代，就形成了中国最早的新石器文明，比如蓝田文明、半坡文明出现在黄河支流渭河；龙山文明出现在山东半岛等。

而不入”，《史记》中所载，是“居外十三年，过家门不敢入”。无论 8 年还是 13 年，总之是很长时间。禹亲自操橐耜而“九杂天下之川，腓无胈，胫无毛，沐甚雨，栉疾风，置万国。禹，大圣也，而形劳天下如此”。意思是说禹是治理洪水的最高领导人，但他为天下万民兴利除害，躬亲劳苦，手执工具，与下民一起栉风沐雨，同洪水搏斗，竟至于形容憔悴，大腿上没剩下多少肉，小腿上的汗毛都磨光了。禹的形象，就是这样一位茹苦救世的圣人。山东沾化境内的徒骇河就是大禹治水疏通洪水时形成的。

早在春秋战国时期，黄河下游已普遍修筑堤防。公元前 651 年，春秋五霸之一的齐桓公“会诸侯于葵丘”，提出“无曲防”的禁令，解决诸侯国之间修筑堤防的纠纷。在此后漫长的历史时期，伴随着黄河频繁的决溢改道，防御黄河水患成为历代王朝的大事，投入大量人力、财力，不断堵口、修防。到了战国初期，黄河流域开始出现大型引水灌溉工程。公元前 422 年，西门豹为邺令，在当时黄河的支流漳河上修筑了引漳十二渠，灌溉农田。公元前 246 年，秦在陕西省兴建了郑国渠，引泾河水灌溉 4 万多顷（合今 280 万亩）“泽卤之地”，“于是关中为沃野，无凶年，秦以富强，卒并诸侯”。为秦统一中国发挥了重要作用。汉朝对农田水利更为重视，修建六辅渠和白渠，扩大了郑国渠的灌溉面积，同时在渭河上修建了成国渠、灵轵渠等，关中地区成为全国开发最早的经济区。为了巩固边陲，从秦、汉开始实行屯垦戍边政策，在湟水流域及沿黄河的宁蒙河套平原等地，开渠灌田，使大片荒漠变为绿洲，赢得了“塞上江南”的赞誉。为了保证长安、洛阳、开封等京都的供应，黄河中下游的水运开发历史也很悠久。

据考证，现在从河南郑州的荥阳到山东的滨州、东营市然后至黄河入海口，黄河两岸的防护大堤在西汉末年就已经修筑成一定规模。西汉末年至王莽建国三年（11年），黄河水侵入汴渠（今郑州市的荥阳境内），其后黄河不治长达58年之久，洪水肆虐，浸没田园庐舍，冲淤运道，民不聊生。东汉明帝永平十二年（69年），东汉政府决定治理黄河，由王景主持这一空前的治理黄河的工程。王景是当时著名的学者，尤其擅长水利工程技术。他对于治理黄河的利害得失有比较深入的了解，所以，当汉明帝向他询问治理黄河的有关问

徒骇河湿地风光

本书作者李冉在青藏高原那曲地区拍摄的黄河源头(部分)。

题时,他对答如流,深得汉明帝的赞赏,就委派他去治理郑州一带的黄河。王景治理黄河是在新河道上开展大规模治理工程,主要内容有修筑黄河和汴河堤防、建分水和减水水门、整治河道等,实施改河、筑堤、疏浚等工程。这次治理黄河施工一年,动员民工数十万,使黄河新河道与汴渠、济水分流。王景治理黄河以后,一直到唐朝,黄河安流了800年,没有出现过较大的水患。王景治理黄河动用了数十万人,施工期长达一年,耗资无数。后人对王景治理黄河给予了极高的评价,历史上称为"王景治河"。《后汉书》中评价说:"(王景治河)底绩远图,复禹弘业。"将王景和远古治水的大禹相比。清朝的魏源在其《古微堂记·筹河篇》中说:"王景治河,千年无患。"指出了王景治理黄河给百姓带来的幸福和安宁。千里的黄河大堤始于郑州的荥阳,黄河的安危系于郑州的荥阳,王景在郑州的荥阳治理黄河,说明了郑州的荥阳在黄河水利史上的地位无比重要。唐朝以后,黄河的河道淤积加快,尤其到了五代以后,黄河决口泛滥成灾的记载又多起来,黄河防洪与治理又进入了新的历史时期。

北宋建都开封，当时黄河水患严重，宋王朝对治河很重视，设置了权限较大的都水监，专管治河，沿河地方官员都重视河事，并在各州设河堤判官专管河事，朝廷重臣多参与治河方略的争议。这个时期治河问题引起很多人的探讨，加深了对黄河河情、水情的认识，河工技术有很大进步，特别是王安石主持开展机械浚河、引黄、引汴发展淤灌等，在治黄技术上有不少创新。明代以后，随着社会经济发展和黄河决溢灾害加重，朝廷更为重视治河，治河机构逐渐完备。明代治河，以工部为主管，总理河道直接负责，以后总理河道又加上提督军务职衔，可以直接指挥军队，沿河各省巡抚以下地方官吏也都负有治河职责，逐步加强了下游河务的统一管理。

清朝治理黄河要首推康熙。康熙皇帝曾感叹“河涨河落维系皇冠顶戴，民心泰否关乎大清江山”。从康熙十四年起，黄河连年泛滥成灾，在今江苏北部地区，黄河、淮河、大运河先后决口百余处，致使海口淤塞，运河断航，“下河七州县淹为大泽”，沿河地区千百万人民家破人亡，流离失所。黄河的泛滥，导致了南北交通大动脉断航，严重地影响了全国的经济生活。严重的形势，引起康熙帝的忧虑，他将“三藩”以及河务、漕运三件大事，书写在宫柱上，并决定起用政绩卓著的靳辅为河道总督。

经过十年时间坚持不懈的治河工作，到康熙二十六年前后，居然使黄河安澜，运河漕运也得以畅通无阻。其间康熙帝曾亲自视察治河工程，对靳辅治河的成绩给予肯定。雍正皇帝也曾经亲自坐镇武陟指挥治理黄河。雍正时期齐苏勒任河督，坚持预防为主的措施，并革除吏弊，“人皆懔懔奉法”，齐苏勒还广筑堤坝，效果显著。雍正二年，“是秋飓风作，海潮腾踊丈余。黄河入海之路，二水冲激，历三昼夜，而滨海堤岸屹然”。但是，黄河的每一次大的决口，都会造成无数百姓流离失所，饿殍遍野的同时，也会引来王朝统治的震荡，甚至是王朝的覆灭。自以为“皇权天授”、“奄有四海，为天下君”的皇帝在滚滚东流的黄河水面前也不敢妄自尊大，因为“黄河之水天上来”。

第三节

大河上下九曲弯
河涨河落水茫然

黄河就是天脉，天脉不可违，天脉不可断，违者必遭天谴之灾！黄河作为中华民族的母亲河，对中国文明的历史进程起着巨大的促进作用。黄河从周至清初，已历经四次大的改道。黄河安澜时，为两岸劳动人民提供丰富的营养，创造幸福；黄河泛滥时，则给两岸人民带来无尽的灾难。

作者李冉
在黄河壶口

先秦时期，黄河基本上是安澜的，虽然已经呈黄色，但史书关于自然泛滥记载不多。汉代时期，黄河泛滥的第一个高峰期到来。根据《史记》、《汉书》统计，汉代共有 18 次水患，其中西汉时期更是高达 13 次之多。魏晋南北朝隋时期，黄河泛滥有所减轻，但从唐时开始，黄河泛滥之势犹如奔腾野马，一发不可收拾，越往近代，泛滥频率越高。据统计，隋唐五代黄河下游主要决溢年份有 39 个，北宋升至 66 个，金元时期略有降低，也有 55 个，明代又高涨至 112 个，清初至近代（1644—1938 年）也高达 117 个。

西汉后，政府虽屡有治理河道之举，但真正能令黄河多年安流的次数不多。元代以后，政府大规模治河行动较为成功的有：元代至正年间的贾鲁治河，明代嘉靖、万历年间的潘季驯治河，清代康熙年间的靳辅治河。事实上，

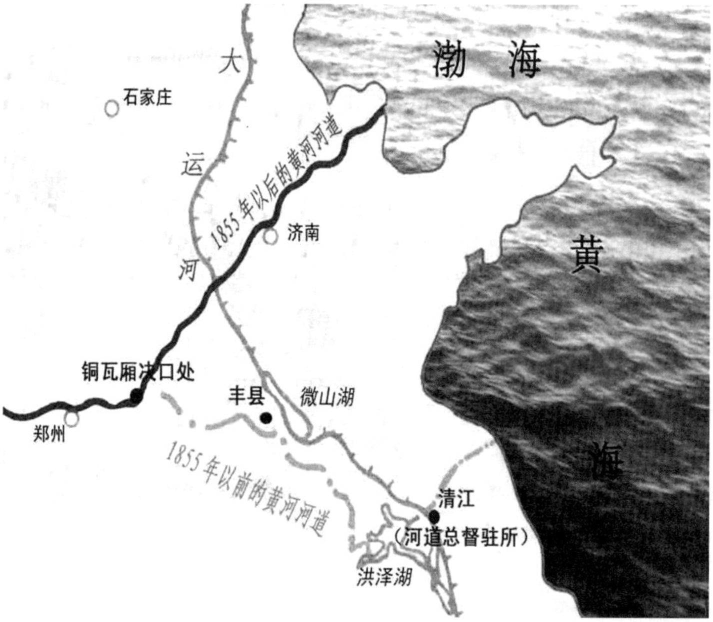

清咸丰五年六月十九日（1855 年 8 月 1 日），黄河在河南兰阳（今兰考）北岸铜瓦厢决口。

这些治河行动花费钱物不少，却不能真正阻止黄河泛滥，一般没过多久，黄河又开始泛滥，河道经过治理只不过在短期内没有大的改道而已。

为何唐以后黄河泛滥如此频繁，政府治河措施虽多却无法发挥效用呢？

黄河灾害之所以频繁发生，固有其技术上的原因，而统治集团不问人民死活，则是社会的原因。将黄河频繁泛滥与社会原因结合起来进一步分析，封建王朝的根基还需要普通百姓的维持，政府并不会坐观人民死活而不顾，所以，黄河频繁泛滥的社会原因有待深化。

汉代以来，历代政府对治河已经有了深刻的理解和经验，逐渐形成了一系列的治河制度。历代治河策略、治河工具虽然都在进步，但如果治河制度限制了策略、工具的发挥，黄河泛滥就仍然难以解决。

黄河为什么常有水患呢？黄河是我们中华民族的母亲河啊，哺育了千千万万的中华儿女。但是黄河既有有利的一面，也有水害的一面。黄河水害是怎么形成的？能不能彻底治理黄河的水患呢？

黄河在青藏高原发源，上游往下经黄土高原的时候夹带大量泥沙，到下游的时候泥沙逐渐沉淀，河床高起，水大之后就溃决。不仅如此，还有社会原因。社会原因，特别是战争，金朝攻打宋朝，把黄河决了，把豫北的黄河决了。一片汪洋，沿河的民众陷入水深泽国之中。蒙古灭金，又人为地把黄河大堤决口，决寸金淀，黄河泛滥，数以万计的生灵漂没在洪水当中。更严重的是明末，黄河在开封决口，人为的，数以十万计的河南人葬身于鱼腹，开封城在黄河下面，被淤了，整个城被淤了。我们今天见到的开封城已经不是明朝那个时候的开封城，是后来建的。整个开封城在黄河底下了，在淤泥底下了。即使到了清朝，清朝顺治十八年，黄河又一次决口，“河决而塞，塞而复决，决无宁日，遂止弗塞，听其崩溃，河患极矣”。

清朝道光三十年(1850 年)正月，时年 20 岁的咸丰皇帝即位。咸丰这个皇帝是个“苦命天子”，他虽然即位后便勤于政事，广开言路、明诏求贤，但此时的大清帝国内忧外患不断，清朝已经进入多事之秋，国库空虚，危机四伏。即位不到一年，洪秀全领导的太平天国运动在金田起义，三年左右就危及北京，咸丰帝屡派兵将镇压太平天国及各地农民起义。战火未熄，英法联合侵略军又迅速攻占天津、北京。当时财政十分困难，清政府既要镇压太平天国，又要对付英法联军，财源枯竭，“户部因军兴财匮，行钞，置宝钞处，行大钱，置官钱总局，分领其事”，钞票大量发行，造成通货膨胀，“官民交累，徒滋弊窦”。由于国库空虚和各地治理黄河事务的河道官员贪污腐败，治理黄河已经被咸丰帝边缘化，无暇顾及河工，更无力治理。

清咸丰五年六月十九日（1855 年 8 月 1 日），黄河在河南兰阳（今兰考）北岸铜瓦厢决口。

由于二十年内几乎没有采取什么措施，黄河在铜瓦厢决口造成的损失是十分惨重的，漫流的洪水在运河以西宽达二三百里，在运河以东大清河两岸，南面流入小清河，北面决入徒骇河。总的波及范围达十府（州）四十余州县，受灾面积约三万平方公里。另外，还淹没城市，冲塌城墙，一些城市不得不迁移以避水患，还造成口门以上黄河的冲刷以及山东水系的变迁，这些影响一直延续至今。

黄河决口之后，咸丰皇帝上谕中称：“黄流泛溢，经行三省地方，下民荡析离居，朕心实深轸念。唯历届大工堵合必需帑项数百万两之多，现在军务（指太平天国起义）未平，饷糈不继，一时断难兴筑。若能因势利导，设法疏消，使横流有所归宿，通畅入海，不致旁趋无定，则附近民田庐舍尚可保卫，所有兰阳漫口，即可暂行缓堵。”咸丰因为“军务未平，饷糈不继”竟然任洪水肆虐，政治与自然碰撞，天灾与人祸齐降，留给黄河流域老百姓的只有“苦难”，黄河铜瓦厢决口给老百姓造成的灾难无法用文字来描述，洪水冲毁农田村舍，民众损失不计其数，洪水恣意泛滥。巨浪滔天，大面积的草木、庄稼、动物等被淹没。洪水及所携带的大量泥沙，破坏了黄河下游地区的面貌，毁坏了植被，造成水系紊乱、河湖淤积。洪水如脱缰的野马在冲击着农田和民舍，黄河洪水的咆哮和老百姓的呼喊救命的声音在黄河下游地区的上空回荡。无视黄河决口灾难，定遭天谴，这样的清政府也注定了“倒闭”的命运。

也就在咸丰五年黄河铜瓦厢决口的这一年，在我的家乡山东省沾化县李果村，周围乡亲们在两个月的时间里，看到村后面的那条通往渤海湾的通海小河沟越来越宽，水流也越来越急。经常在这条河下网打鱼的小渔船被混浊的黄河水冲击得摇摇晃晃，原先用竹竿就能撑动的小船现在却是一竿子插下去竟然插不到底，很多打鱼的渔民感到惊诧不已。其实这条河原本就是一条自然形成的“海潮沟”，因为这条河通海且随着海水的涨潮落潮而变化，渔民就把这条河习惯叫作“洚河”，这条河其实是徒骇河的下游的一部分，上接徒骇河沾化花家村段下到老鸹嘴村入海，总长也就有一百多里。

后来，这条沾化境内的洚河在咸丰五年之后变得又宽又深。

黄河在河南铜瓦厢决口之后，洪水先流向西北，后折转东北，夺山东大清河入渤海。这次黄河改道，受灾最重的还是山东省。1855 年 9 月 2 日，山东巡抚崇恩向朝廷奏报：“近日水势叠长，滔滔下注，由寿张、东阿、阳谷等县联界之张秋镇、阿城一带穿过运河，漫入大清河，水势异常汹涌，运河两岸堤埝间段漫塌，大清河之水有高过崖岸丈余者，菏濮以下，寿东以上尽遭淹没。其他如东平、汶上、平阴、茌平、长清、肥城、齐河、历城、济阳、齐东、惠民、滨州、蒲台、利津等州县，凡系运河及大清河所经之地均被波及。兼因六月下旬七月初旬连日大雨如注，各路山坡沟渠诸水应有运河及大清河消纳者，俱因外水顶托，内水无路宣泄，故虽距河较远之处，亦莫不有泛滥之虞。”半月后，他在另一份奏报中进一步统计说：“黄水由曹濮归大清河入海，历经五府二十余州县。”按照当时的建制，山东省被划为 10 府，其中鲁西南、西北诸府均沦为灾区。

部分洪水夺大清河入徒骇河，然后又经洚河入海。洪水经徒骇河下泄，通海的泽河又受海水潮汐冲刷，在上下较大压力差作用下，就变得又深又宽。这条变深变宽的直通渤海的泽河,让行驶在渤海上的航运船只有了新的发现。

可是,闭关锁国的清政府在海上为何频繁出现运输的航船呢?

第四节

浲河码头“庆聚成”
要吃蔗糖到“探井”

清朝海运在道光六年（1826年）以前并不为重，维系南北经济的是河运，主要依靠京杭大运河。京杭大运河从公元前486年开凿，至公元1293年全线通航，前后共持续了1779年。京杭大运河背负了南北大量物资的运输交换重任。但是，到了清朝后期，京杭大运河全线逐渐断航停运。1842年，英军在鸦片战争中决胜的一战，就是夺取京杭大运河与长江交汇处的镇江，封锁漕运，使道光皇帝迅速做出求和的决定，不久签订了丧权辱国的中英《南京条约》。1853年后，太平天国占据南京和安徽沿江一带十多年，运河漕运被迫中断。战争极其惨烈，其间沿线主要城市都遭受重创，部分城市甚至全部焚毁。1855年，黄河在河南省铜瓦厢决口北徙，在山东省夺大清河入海，大运河全线南北断航，从此漕运主要改经海路。

当时在鲁北渤海沿线，主要有三条可以通向内陆的河口，北部有套尔河，但因套尔河浅窄不适合大型船只进入；东部浲河入海口，由于黄河洪水经徒骇河下泄冲刷，河道既宽又深，形成了老鸹嘴码头和浲河码头；南部就是大清河入海口，再有就是利津铁门关码头。

先说铁门关码头。至今利津民间流传的口头禅述说：“先有铁门关，后有利津城”。明清两代，铁门关已发展为繁华的水旱码头、盐运要地和重要关津。清同治十三年（1874年），铁门关商业进入鼎盛时期，久居此地的商人陈红军和海运业者张乐民，倡议第三次重修铁门关。这次修缮，雕刻了戏台前

檐的花格木棂和绘制了庙内的壁画。据《利津县续志》载:“昔济水由利津入海，名曰大清河。河门通畅,南北商船由渤海驶入河口,在铁门关卸载,由河内帆船转运而上。彼时物品云集、商人辐辏，此为商业最盛时期。”清咸丰五年(1855 年),黄河夺大清河入海后，下游泛滥频繁。至清末,铁门关的建筑物逐渐被黄河泥沙淤埋。

洚河码头的兴盛一是由于黄河洪水下泄和海水潮汐冲刷，另一个原因是清朝河运受阻而只能依靠海运把南方的粮食、蔗糖等物资运送到天津后直达京师。很多商船为了省去人力、财力,直接把船驶进洚河,在位于沾化县李果村、东孔村、西孔村附近的洚河码头停靠,把粮食、蔗糖等物资再通过陆运经武定府北上进入河北然后直达北京城，还有部分物资经济南府进入中原地区。来自东北地区的木材和粮食等物资则从海上直达洚河,然后从洚河上的各码头由陆运向各地转运。因为山东沾化、利津等地自春秋战国时期就有人在此煮海晒盐为生,后经各朝代慢慢发展成官方盐场,在清朝中期就有比较有名的富国场(今富国镇)、埕子(今无棣埕口盐场)、久山镇(今沾化久山村周围)、官灶城(今利津县虎滩乡附近)、丰国镇(今利津县明集乡附近),这些地方所晒的盐大部分由外来商船经渤海湾运往东北地区和南方省地。

所以,经时日久,洚河码头成为清朝海运船只南下和北运的中转站,由此开始了半个世纪的渤海沿海经济发展的一个缩影——洚河盛景。

经与沾化李果村、西孔村、罗家村的老人交谈,他们听他们的老人讲过,当时洚河码头商埠盛兴时,两岸字号集市繁荣,每天从渤海驶入或驶出帆船计有千艘,来来往往的船只人声鼎沸颇为壮观,起锚升帆的船工吆喝声,搬运木材、蔗糖、粮食的青壮年劳力人流不断,酒馆内船工伙计喝酒猜拳行令,围坐一起小声商谈货物价格的经纪人更是忙忙碌碌,岸边摆地摊卖烟卖油条烧饼的小买卖人也是每天有些小收入,当然,有时从船上也会卸下些鱼虾之类的海产品引来苍蝇嗡嗡乱转!

洚河码头周围的村民无不因洚河而溉润。有些头脑的大户人家开办人力脚行从事货物接卸搬运,当天结算银两来去自由方便。还有人家用木桩围拢场地成为临时货场存放做起买卖生意。靠山吃山靠海吃海,又因有商船能便捷地从东北运来上好的木材,造船修补更是成为大产业,对于造船,当时木匠师傅习惯叫“排船”,叮叮当当的声音曾经是洚河码头周围盛兴的音符。烧香放鞭,新船入海亲朋好友齐齐庆贺;待到冬春季节船上坞粘船声音又响起。当时我家乡的祖辈们对于在南方的太平天国运动或是洋人坚船利炮打开国门并不关心,顶多会在茶余饭后谈上几句“不得了了,听说南方打仗了!”等闲谈之语!

不过,从清咸丰五年(1855 年)后,山东济南府武定州沾化县的洚河码头、老鸹嘴码头、泊头码头、三丰湖码头的异常商贸经济繁盛也引起了朝廷的关注。正处于内忧外患中的清政府令济南府在洚河码头设下海关和厘金局,把收缴的银两上缴朝廷。其实,这个所谓的海关厘金局就是税务局,是当时清政府对通过国内水陆要道的货物设立关卡征收的一种捐税,说“捐”,其实就是“征”,不缴就”强征”硬派,所以老百姓就称为过道税和落地税。这种方式的缴税税率是按货物价格值百抽一,1%为一厘金。厘金的征收方法为两种:一为活厘(又叫行厘),一为板厘(又叫坐厘)。活厘属于通过税性质,抽之于行商,板厘属于交易税性质,抽之于坐商。厘局差事最优,据说得一厘差,每年可获万金或三五千金不等。具体就是“每米一石,捐钱五十文”,一石为120 斤,一文钱合现在人民币 0.2 元,一石缴 10 元,如船上运输一吨粮食要缴 160 元税,苛捐杂税不言而喻。清末官场中有“署一年州县缺,不及当一年厘局差”说法。可见这海关厘金局的负责人真是个肥差!负责收税的税吏还经常敲诈勒索,营私舞弊,除公开课税,层层盘剥外,勒索的名目多达十余种。同时，局卡掯吏还营私舞弊。侵蚀税款，如以多报少，以贵报贱，匿报罚款等。在征得的厘金中，三分耗于隶仆，三分耗于官绅，其作四分除去正费、杂费外，剩余的上缴清政府国库。清政府又用这些收取的厘金作镇压太平天国农民起义的军事费用，特别是湘军和淮军的饷源。这对于常年在洚河码头上劳作的普通百姓可能不是很清楚，因为老百姓只是做买卖过日子。

当时，洚河码头上买卖做得好的要首推西孔村的王云升了。他在洚河码头上开了一家叫“庆聚成”的店铺，主要提供饮食，也卖点常用的杂货。挣了钱，又以“庆聚成”的名号，开办了货栈，除为船主和货主存放货物外，自己也兼做购销批发生意。王云升组建起了自己的船队，他眼界高标准也高，所要的船都是体积大、航速快、抗风浪能力强的三桅大船，每只船需 7 人驾驶，一次可运货 7 万斤，往返东北港口一趟，不过 10 天左右。王云升特别讲究诚信经营，为人又热情好客，能慷慨解囊，扶困济危，逐渐受到客商信赖，流传开“‘庆聚成’里老掌柜，洚河码头大好人”、“洚河码头把岸登，船家老店‘庆聚成’”的誉称。随之客商纷纷而来，利润也源源而至，有了比较雄厚的资金基础，后来就在西孔村买下 400 亩地建了“庆聚成”城堡，在济南府远近闻名。

我家祖上在洚河码头上也购置了商船，主要运输蔗糖和木材，在武定府和沾化的泊头、下洼等地也有了“探井”字号专做蔗糖等批发生意，在四周曾有“要吃蔗糖到探井”的说法。有艘船叫“福和顺”，带着祈福、祥和、顺利的农民夙愿祈盼行驶在洚河之上。

这条船后来在新中国成立后以公私合营的方式成为沾化县航运公司的一条大型运输船。

但在清朝末年奇迹般出现的“洚河盛景”仅仅维系了60年时间，1907年黄河在利津薄家庄决口，第一次淤积了河道，1921年黄河又在利津宫家庄决口，洪水漫溢沾化境内，洚河码头彻底淤塞。洚河码头由存而盛而衰而废，洚河慢慢消失了，“洚河盛景”成为一段历史。

沾化富源李果村

第五节

百年风云照青史 泾河两岸论英豪

一方水土养一方人。泾河两岸虽没有惊天动地的领袖人物,却不乏学者名人。明清两代,人才辈出,先后40人登第。明代“一科四进士”传为佳话,清代“父子二鼎甲”延誉四方,因此沾化县被誉为“济北诗书之薮”。20世纪30年代中期同时在北平高等学府求学的学生即有十多人,居鲁北诸县之首。其中郭本道、王学曾、罗清泽学识渊博,著书立说,颇有建树。王哲、冯基民、宋彦人、宋中等,是早期参加中国革命的骨干。

郭本道北大求学与鲁迅结友,探究哲学著书立说享誉海外

沾化富国镇刚家村郭本道,出身农民家庭,靠勤工俭学在泰安翠英中学毕业后,1924年以第一名的成绩考入北大哲学系,毕业后又继续攻读了四年研究生,1932年取得了硕士学位。先后在青岛国立大学、四川华西大学和南京金陵大学任教授。在北大学习期间,他结识了鲁迅先生,与之建立了深厚友谊,思想上受到了很多进步影响。他谢绝时任国民党政府教育部长陈立夫的从政邀请,在艰苦的条件下埋头于学术研究,先后撰写出版了《中国哲学史》、《二十四史简论》、《黑格尔》等十几部在国内外学术界很有影响的著作。《黑格尔》一书还被翻译成英文和德文,并成为英国著名的牛津大学哲学系的重要参考书。郭本道(1901—1948年),今富国镇刚家村人。出身于农民家庭。1918年,考入教会办泰安翠英中学。1924年入北平燕京大学修哲学,1928年毕业后又入研究院攻神学。读书期间,生活简朴,刻苦自励,课余常以

拉车、扫街、卖果品或当家庭教师自筹学费。学习成绩优异，每试皆列榜首。徐牧师赏识本道品学，将女儿砚静许配其为妻。为支持本道求学，砚静弃学从教。1932年本道完成学业，获神学硕士学位。此后，郭本道主要靠妻子的薪资支持专事著作2年余，著成《黑格尔》、《洛克·巴克莱·休谟》等书，1934年由世界书局出版发行，并有英文、德文译本。《黑格尔》被英国牛津大学列为教学参考书，郭本道由此知名。从1934年起，本道受聘任教河南大学政治系、哲学系，后任山东大学文学系代主任兼东方宗教研究所所长，此间获博士学位。抗日战争爆发后，到四川任华西大学教授。时国民党政府教育部长陈立夫慕名延揽，敬为上宾，劝其从政，然本道淡于仕途，志在学术研究，陈乃拨经费助其在青城山佛寺中研究佛经与因明哲学。抗日战争胜利后，本道先后到南京金陵大学、山东师范学院任教授。本道嗜书如痴，虚心好学，学识渊博，精通英、德、法多国文字。性格开朗，善交友，社会各阶层多有故旧。在燕大读书时，为鲁迅先生家中常客。同于右任、李约瑟（英国著名学者）等亦交往甚密。本道一生著述甚丰，除《黑格尔》、《洛克·巴克莱·休谟》外，尚著有《中国哲学史》、《二十四史简论》等书。1945年双目失明，仍坚持口授书稿。1948年随山东师范学院南迁，在浙江省海宁县硖石镇去世，遗存书稿4竹箱。再如何家村王学曾，也是普通农民家庭出身。1928年，他考入北平中国大学，1933年又转入北大外语系。之后他曾任国民党政府派驻瑞士公使馆一等秘书。1950年，王学曾辗转法国，进入巴黎大学深造。此间他拒绝台湾“外交部”的召唤，坚持读完五年学业，获得博士学位。1955年辗转西德经营商业，并加入西德国籍。1972年中国和西德建交后，为增进中国西德两国人民的友谊，他做了大量工作。1979年下半年，为我国领导人访问西德事宜，他来到北京，受到邓小平和叶剑英等党和国家领导人的接见。

沾化农民北京城告御状，伏寺院香案申冤美名扬

在清朝末年，上世纪初，沾化境内外就流传着范廷会告御状的故事。范廷会出生于富国村一个贫苦的农民家庭，他为人耿直，性格倔强，遇事爱掰真理，由此招来祸患。外村迁来的财主丁德霖仗着有钱有势，诬良为盗，栽赃陷害范廷会，并贿赂了县衙贪官。县官贪赃枉法，将范廷会传去，不由分说，

便以盗窃问罪。范廷会不服，上诉到府上，但“衙门口朝南开，有理无钱别进来”，他怎会翻得了案。范廷会不能忍受这奇耻大辱，他要雪耻，要进北京告御状。在一个漆黑的夜晚，一家人含泪默默地送他上路。他一边讨饭，一边赶路，经过 10 多天的跋涉到了北京，谁知这一去竟是 3 年。他在一个听说皇帝出巡常经过的道边小饭馆住下来，帮店主挑水、拉风箱混碗饭吃。在店主人的帮助下，介绍他来到离此不远的一座喇嘛寺院，寺院的大喇嘛与慈禧太后过往密切。慈禧信佛教，每年三月初三都到寺院降香拜佛，还常召大喇嘛进宫讲授佛经。来寺院后，范廷会的勤快和诚实博得了大喇嘛和众僧的好感和信任。时年三月三日慈禧来降香的时候，在大喇嘛的帮助下，将范廷会隐藏在挂着桌裙的供桌下。慈禧参拜完佛像，将要上轿走时，范廷会即从供桌下爬出来伏地冒死喊冤。一听佛殿内竟有人喊冤，慈禧和陪从人员都大吃一惊，护卫人员慌了手脚，回过头来将范廷会从供桌下拖出来，按倒在地，就要动手，范廷会有惊驾之罪，但在佛像前不好动刑。此时大喇嘛躬身驾前，为之说情，说：“想不到这奴才藏身供桌下伺机喊冤，让老佛爷受惊，鄙僧之罪。”借机吹捧慈禧：“普天下皆知，老佛爷大慈大悲，救人苦难，普济众生，想必是这奴才冤大仇深，非老佛爷不能为之报仇申冤，才到此喊冤。”说完，双手在前合十口中发出一连串的“南无阿弥陀佛”。慈禧听了这番恭维话，竟然没有动怒，便令随从收起状纸，起驾回宫。慈禧太后虽然专横跋扈，权倾天下，但有时也故作姿态，假仁假义。等了一段时间，批文下来，大意是：财主恶霸丁德霖等给范廷会安上盗布之名，证据不实，地方官府应给范廷会正名，并对财主丁德霖和办案人员作适当处罚。范廷会告御状赢了，踏上回程回到沾化富国村，周围村民敲锣打鼓迎接范廷会。

王家驹舍家为国抗日寇，壮志未酬青城大义凛然

王家驹（1908—1941 年），字伯昂，今沾化富源杏行村人。少年入本村小学读书兼习武。1925 年，在济南正谊中学毕业后考入北京朝阳大学，肄业半年，辍学家居，与地方武装时有来往。1929 年应民团王维亮邀请任手枪队队长，1930 年王维亮被徐三打垮，家驹回家住闲。1934 年参加沾化民众学校自卫训练班。1936 年任国民党海军刘耀亭部中队长。七七事变后任山东水上保

安第三团团副。1938年冬,水上保安第三团改编为山东保安第三团(1940年改为第十九团),任上校团长。日军侵华,家驹愤恨异常,决心抗战到底,曾写下“宁做刀下鬼,不做亡国奴”的誓言,贴于家中正堂。任团长后,治军严明,教育士兵爱国爱民,亲自教唱《大刀进行曲》、《流亡三部曲》等歌,激励士兵抗日情绪。1938年天灾兵祸交加,民不聊生,军饷不敷,家驹毅然卖地200亩,充当军饷。1939年,保安第三团驻防义和庄,日伪军2000人进犯。家驹身先士卒,率部苦战,击溃进犯之敌,缴获一批枪支弹药和战马,并将两名汉奸砍头示众。是年冬,日伪军将家驹的母亲、弟弟、妹妹和小女儿掳至富国据点,妄图胁迫家驹投降。消息传至军营,部属哗然。然家驹毫不动摇,立即召开全团军官会议,慷慨陈词:“我王家驹头可断,血可流,民族气节不可丢。就是全家被杀,剩下我一个,也要和鬼子战斗到底!”部属无不感慨。后经多方设法,日伪慑于家驹袭击,遂将全家老小释放。1940年冬,家驹部在惠民县坡刘村与日伪鏖战4昼夜,官兵伤亡惨重,但抗日决心愈坚,斗志愈昂。此后,家驹率部1000余人,转战于沾化、利津、滨县、蒲台、惠民、商河、临邑、齐东、青城、邹平等地,与日军周旋。在沾化邵家、南望参(今属利津),惠民王肖家、堤子坝、大年陈,青城石家井,蒲台十三图等战斗中,皆重创日军。国民党指使其反共,但王认为国难当头,岂能自相残杀。遂屡屡拒绝国民党的指令,始终与八路军保持友军关系。

1940 年,王家驹团改为山东保安十九团奉调青城一带,为山东第十区专员兼保安司令薛儒华所属。薛奉行国民党“曲线救国”政策,家驹与之不和。1941 年家驹奉调阜阳军校受训期间,薛已指使部属两个团降日。家驹军训结业归队时,薛派身着日伪军装的官兵去接,家驹内心恼火。之后,薛又以“保存实力”为由劝说家驹降日,家驹大怒,直言:“要降就降八路,我死也不当汉奸!”薛顿起杀心,遂设计将家驹杀害。王家驹遇难后,国民党鲁北行署主任何思源为其治丧,八路军山东纵队三旅敬送挽辞,上书:“浴血奋斗,誓驱倭奴,惜壮志未酬。昔日之岳飞已死,今日秦桧犹生。然飞虽死,博得芳名千古;桧犹生弗死,徒留认贼作父卖主求荣万世之骂名。伯昂团长千古!”

逢乱世农家子弟勤学苦读,做学问享誉海外植物学家

罗清泽(1905—1966 年),字润生,今沾化富源罗家村人(照片系罗清泽后代亲属提供)。1934 年毕业于北平大学农学院生物系后,即赴日本东京帝国大学(今东京大学)深造,修植物病理学。1937 年春与在日本东京文理科大学修植物学的易希道女士结婚。夫妇学相近意相投,互帮互勉,对植物学和植物病理学的研究做出了重大贡献。

七七事变后,罗清泽夫妇离日回国。因易女士为湘籍,同至湖南长沙。其后,清泽受聘入广西桂林大学任教。1940 年秋,又转任福建

协和大学教授,后到农试所和农学院任职。1946 年秋,由闽赴台,任教于台中省立农学院 (今台湾国立中兴大学农学院) ,创立植物病虫害学系并兼任系主任。之后,清泽鉴于现代科学分工趋专,病害虫害虽同属农作物灾害,但究其根源,病害乃菌类作祟,虫害系昆虫所致。一系教学与研究,颇多不便,遂力主病、虫分系。乃于 1960 年首将中兴大学植物病虫害学系分为植物病理学系和昆虫学系,清泽专任植物病理学系主任。植物病虫害学系成立之初,设备简陋,图书缺乏,清泽撙节经费,并四处奔走,争得多方支持资助,日积月累,集腋成裘,图书、仪器逐年增设。1964 年,植物病理学系植病馆落成,新建教室、实验室与研究室,完成温室及温室内温湿度调节装置,购置高速远心分离器及装设电子显微镜。该系建筑之宏伟与仪器之齐全,已为台湾省各植病教育与研究机构之冠。

罗清泽虽以大半时间忙于系务,然其研究工作并未曾稍懈,忙里偷闲,晨夕以赴。30 年来,主要致力于粮食作物病害研究,如稻热病菌之生理分化、水稻白叶枯病菌之特性、水稻小粒菌核病之生态等,同时亦研究柑橘、甘蔗、棉花、烟草、蔬菜以至林木病害。晚年对植物毒素病亦有涉及。从 1940 年即发表学术研究专著,至终计有 37 篇,内容精辟,闻誉于世。其中两篇论文:《甘蔗叶烧病菌与茅属植物叶烧病菌之比较研究》及《甘蔗与禾木科植物枯萎病的诱因》被美国威斯康星大学著名植物病理学教授戴克逊引入著作中。

罗清泽秉性刚介,勇于任事,工作认真,颇为学校当局所器重。一度代理农学院院长,兼任教务长,为校务和系务劳瘁,常废寝忘食。晚年体力衰弱,致患肝疾,然犹积极进取,从不倦怠。一直任台湾中华植物保护学会理事。因其办事认真,毫不苟且,颇为同事推崇。1966 年膺任理事长,为筹措学会基金,提高会刊水平,加强学术交流,不遗余力。

1966 年第十一届太平洋科学会议,定于 8 月在日本召开,清泽已应邀出席,不意竟于 7 月 14 日逝世。逝世后,在台湾及旅居美国、加拿大等地受教于清泽教授的学者,发起募集罗清泽教授纪念奖学金,1969 年成立基金管理委员会,于每学年结束进行评选奖励致力于农学研究成绩优异之学者。

沾化铡刀会砸县衙农民聚义，济南游行烧公馆土地保卫战

1922 年，沾化县农民自发组成“沾化铡刀会”开展土地保卫战。沾化铡刀会是民国年间黄河三角洲的农民自发的革命运动组织。

沾化县地处黄河尾闾，徒骇河下游，受频发的黄河水患危害尤其严重。据史料记载，从清初到新中国成立，黄河决口上百次殃及沾化。1912—1946 年，这 34 年间，黄河漫溢高达 107 次，平均 3 个月一次。洪水给人民带来灾难，但同时也淤积出大片沃野良田。1921 年，黄河自利津宫家决口，包括李果村在内的沾化境内 320 多个村庄被淹，徒骇河下游淤塞，河以东约 70 万亩土地完全上淤，荒碱涝洼变成了好地。围绕新淤土地的占有使用权问题，沾化农民组建了“铡刀会”。

当时，沾化境内的封建势力、土豪劣绅、地主恶霸等，买通国民党反动政府，争领地照，霸占农民的土地，一跃而成为大地主。40%左右的淤地掌握在他们手里，每年便利用租佃关系，剥削统治农民。地主霸占土地的方法，首先贿通国民党的沾化县垦务局，说明某处坐落地一段，沾化县垦务局不管原来有无业主，不丈而放，发给执照。大地主便骑马或坐车，带领随从人等，满洼占地，他们手指为边，眼看为界，埋下标志就成了他们的土地。若是农民的土地被划入他的地界，与之讲理，他说："你说你的无凭，我说我的有照。"仗势欺人，蛮不讲理。如坝上村恶霸地主丁淑均划地界时，连流口村的碾屋也划在他的领地范围之内。很多村农民的土地，就这样被他们霸占去，如打磨李鲍风来，在鲍家井占地 10 余倾。地主霸占土地的这种行径激起农民的愤恨，土地是农民的命根子，地是农民赖以生存的生产资料，不少失地的农民，为了要回自己的土地，为了自己能生活下去，奋起反抗和斗争。

1922 年 2 月，罗家、李果家、房家、董卜堂、李家庄子等 10 个村的群众，为了保护自己淤好的土地，便由农民房成功(房家村首事，中农)、罗东宾(罗家村，贫农)、薛岐风(李家庄子首事，中农)等为首组织了"铡刀会"(也叫联庄会)，当时参加的农民有 3000 多人。他们以叉把、扫帚、镰刀、斧头、铡刀、菜刀为武器，遇事击鼓为令，各村集合，并派出专人到洼地巡查，组成了一支有组织的反抗地主霸地的斗争队伍。杏行村大地主王相樵、王希纯 2 人，坐着轿车，上插小旗，带领从人，耀武扬威地到房家村以北霸占土地。该村"铡刀会"立即击鼓召集群众 4000 多人，男女老幼都聚集来，与王等讲理，王相樵蛮横地说："这地是我的，你们的地在我的地底下了。"当时激起群众的公愤，将王相樵、王希纯痛打一顿，并将其轿车窗户玻璃砸碎，小孩们向王相樵的帽子内撒上尿，现在还流传着"王相樵那帽子——挨泚"的歇后语。事后，王相樵到县政府控告，县政府派兵弹压，将铡刀会首领房成功、罗东宾等 4 人抓捕。薛岐风率铡刀会 100 多人冲进官府，大闹公堂，县政府被迫放人。铡刀会活动逾时两月，而后解散。到 1924 年，铡刀会所在的罗家村、李果村、房家村等 10 多个受灾村的群众，为反抗和声讨省垦务局长于宝琪支持地主霸占土地，选派代表 150 多人，手执"灾民请愿"的旗子到省城济南请愿。激愤的民众代表捣毁于宝琪在济南的公馆，省政府被迫将于宝琪撤职，并宣布已垦土地仍归农民所有。

哪里有压迫，哪里就有反抗，沾化农民群众为了土地生存权自发组建“沾化铡刀会”聚义，并取得了革命性的胜利，永远载入辉煌的史册！

泽河两岸不仅仅有农民抗争史，就连抗日寇保家卫国以及渤海纵队战平津挺进淮海，都有光辉的历史。

芦苇荡游击战屡建奇功，渤海纵队昼夜冲锋战津南

1941年10月，山东纵队第三旅在利津县毕家嘴组建海防中队。中队长兼指导员李风翔，副中队长隋学文，副指导员郭学勤。沾化富源街道李果村人李泰修于该年加入海防中队。

李泰修，山东省沾化县李果村人，1945年入伍渤海纵队，曾参加过津南解放战争。

海防中队全队30余人，后增至60多人，设4个班，活动于利津县北部沿海地区老爷庙一带。1942年夏，海防中队在利津县北部渤海湾缴获日军货轮1艘。1947年7月，渤海军区海防支队、羊角沟海防大队及两广纵队部分干部合编成渤海军区海防总队，司令员肖平，政治委员辛易之，参谋长傅瑞五，副参谋长李伯钧，政治部主任辛易之(兼)，副主任李文秀，后勤处长巴殿阳。辖2个支队和1个水兵大队，总计3000多人。1949年10月，海防支队改称海防大队。1950年，渤海纵队海防大队改编为山东军区警备六团。

中国农村改革源头"点火人"李桂茂

李桂茂,1924 年 10 月出生于山东省沾化县李果村。1942 年担任孔家乡民兵联防队队长。1944 年经本村张建华、李俊英介绍加入中国共产党,被县各救会派往渤海区委学习。1945 年 9 月任渤海区四地委武工队队长、教导员,参加战斗 10 余次,曾头部、腿部两次负伤。1947 年到惠民县工作,先后担任豆腐寨区、三区区委副书记、书记等职。1949 年 2 月随军渡江南下,1949 年 6 月进入温州,任温州市郊区区委书记。1950 年任永嘉县委委员、农工委主任。1952 年任永嘉县委副书记,1955 年 6 月任中共温州地委委员、永嘉县委第一书记。

20 世纪 50 年代中期,浙江在农业合作化过程中,曾发生几起震动全国的大事件,其中影响最大的一件就是 1956 年发生在温州地区永嘉县的"包产到户试验"。与当时全国不少地方出现的农民自发的行动不同,永嘉不仅实行的面大(实行包产到户的占全县总农户的 42%,影响所及,温州地区也有 15 万农家实行包产到户),而且是由中共永嘉县委正式做出决定,有组织有领导进行的,在全国实属首创,这就是曾经轰动全国的"燎原社模式"。

时任中共温州地委委员、永嘉县委书记的李桂茂,是这场"燎原社模式"试验的领导者、决策者、组织者,他为中国农村改革写下了光辉的一笔!

中国农村改革源头"点火人"李桂茂

第六节

天道无为而有为
人道有为而无为

历经半个世纪的“滏河盛景”也给我们带来了很多思考，江河奔流不息，日月运转不止，才有了我们人类文明的发展和辉煌，人类和大自然有密不可分的关系。

从一条滏河的盛衰和消亡，可以看到人与自然之间似乎存在一种看不见的规律，这个规律是什么呢？

人类饮血茹毛的洞穴远古时代，一场瓢泼大雨，使古人因随时被困死洞中而对天产生惊恐；一道闪电，一声霹雳，似乎能看到上天发怒的容颜；而由天引发的山火，却成了人类生存的转机，枯枝树叶中的星星之火开始书写人类文明的史册。星光下，篝火旁，我们人类的先祖在向天跳着舞做着无限虔诚的祈愿。

天，开始成为一个永恒的话题。一位叫盘古的老者双腿盘坐在地上，一把巨大的斧头放在身边，众人围拢着在聆听他对“天”的讲解：纵横六界，诸事皆有缘法。凡人仰观苍天，日月潜息，四时更替，幽冥之间，万物已循因缘，恒大者则为“天道”。

天有道，顺天道而行之。

后来，又有一位名为李耳的老者经常在给人们讲“天道”：

天之道，损有余而补不足；人法地，地法天，天法道，道法自然。

古人是敬畏天的，人和天道是相通的，人类只是天地万物中的一个部分，故一切人事均应顺乎自然规律，人做事必须时时刻刻按照天道去做，千万不可违背了天道。

几千年前，我们的祖先就强调“天道”和“人道”、“自然”和“人为”的相通、相类和统一，把“天命”奉为万物的主宰，要人们“尊天命”、“畏天命”。

“天地与我并生，而万物与我为一”，“天人之际，合而为一”。人与天本来合一。在自然界中，天地人三者是相应的“天地者，万物之父母也”。天有天之道，天之道在于“始万物”；地有地之道，地之道在于“生万物”。人不仅有人之道，而且人之道的作用就在于“成万物”。老子深深领悟了宇宙天地“道”的内涵，并告诫我们，人与自然万物是有因果关系的，所谓的善有善报，恶有恶报，也是存在于人和自然之间的。自然不只是被动的受体，不是任人恣意掠夺的，它也可能报复人类。在整个宇宙万物的运行过程中，若是脱离了“道”的规律而任其妄为，那么所表现出来的事物属性就不能称其为“有德”，而只能称之为“失德”、“缺德”或“无德”。

“失德”的行为乃是源于“失道”，而某种事物一旦脱离了“道”的轨迹，就必然会表现出“失德”。天若“失德”，或四季无常，或暴风骤雨，或地震连连；地若“失德”，或草木不生，或山崩地裂，或倒海翻江；人若“失德”，或疾患缠身，或灾祸连连，或家国失和。“失德”者必然“失道”，而“失道”者必将走向孤立和灭亡。老子早告诫我们不能以征服者自居，不能自以为最尊贵，尊重自然其实也就是尊重人类自身。所以现在提倡生态文明是非常重要的议题，也是表征着人与自然相互关系的进步状态。它涵盖了全部人与人、人与社会、人与自然的关系，以及人与社会和谐、人与自然和谐的全部内容。生态文明主要指工业文明之后，为了纠正污染环境、破坏生态、浪费资源的“文明危机”而出现的文明，是拯救人类文明的唯一出路。生态文明建设是一场“绿色革命”，是人类文明史上最严峻的挑战和最伟大的进步。

这个简单的道理延伸到社会上和企业上，便是在说，没有太多的大兴土木和建豪华的高楼大厦，没有繁重的税收和限制条款，人民自然会慢慢富足起来，国家也会渐渐安定下来。因此历代社会繁荣，政府都会去减少税收，减少军事战争，大力发展经济，休养生息，恢复国力。同样，发展经济也需要一个“无事”的环境。道理很简单，如果调动大量的财富去修造楼堂馆所，或者把一国的财富都囤积在国库，人民就会生活清苦；如果将这些取之于民的财富重新分配到人民之中，便可以促

进经济的运转，人民自然会创造出更多的财富。所以说，当人类社会进入整体觉醒的时代，最好的经济调控是不去调控，而是把自主权交给市场，让社会自然地去发展，这便是以无为治天下的意思了。

大自然有自己的模式，这种模式就是生态，生态文明绝不仅指生态自然环境，一定也与社会的政治、经济和生存环境有关。生态文明建设首先要坚持以人为本，优化发展，建设生态文明，保障社会生活环境安全；保障社会温度和人民生活的社会环境。在社会中不论高低贵贱，人人皆平等，人人皆可敬。不去过多宣扬值钱与不值钱的事物和事情，老子的依道治国就是强调以民众为中心、政府只起辅助作用的无为性治理，政府的作用主要是积极创造条件让民众实现自化、自正、自富、自朴。

当下，我国一些城市在现代化建设进程中，由于缺乏对城市自然环境特色重要性的认识，盲目追求眼前效益或是所谓的现代感，不惜破坏原有的自然地形、植被和水系，将山体推平或是将湖泊填埋，来建造房屋和道路，然后再花大量的人力和财力建造人工景观对城市环境加以装饰，浪费了城市中宝贵的自然资源。还有些城市不顾城市本身的自然景观特征，盲目跟风进行所谓的“拆旧房”、“造新城”，而取得了适得其反的效果。比如，一些地处平原地区的城市大规模地挖湖堆山，希望营造出连绵起伏的地貌景观，而一些水资源匮乏的城市则大规模开掘湖池，希望营造江南水乡风情。实际上，这些做法不仅破坏了城市原有的自然肌理，使城市失去了原本拥有的自然特

色，而且对于城市生态的可持续发展都会带来严重的后果。追求方便和舒适的生活无可非议，但由此而形成的大量浪费、大量废弃的消费文化则成为耗费资源污染环境的根源。

这种不顾大自然的生态发展而盲目“拆旧房”、“造新城”，古人也就早有了精辟论断。古人在对“天”对“地”神秘的敬畏中学着适应“万物”，不强求，不违背，顺势而行。在对待洪水方面，“择丘陵而处之”、“顺水所向，迁城邑以避之”进行避洪，“疏九河”进行分洪；在大河两旁留出足够空间使水“有所休息，左右游波，宽缓而不迫”进行蓄洪；在水土资源开发上，先秦时期，强调“斧斤以时入山林，林木不可胜用也”，“不树者无椁”。

自然先于人类而存在，人是自然界的一部分。地球并非人类所有，人类却是属于地球所有。从这个基本事实出发，“道法自然”、“天人合一”、敬畏自然、尊重生命构成了人本自然的环境伦理。

古人不仅在思想上合理地利用和保护“万物”，就在历朝历代中也是配备专门的利用和保护“万物环境”的机构。在我国历史上，许多朝代都设过虞、衡机构。相传我国最早的虞产生于传说中的五帝时期。据《尚书》和《史记》的记载，舜帝时任命九官二十二人，其中之一便是虞官伯益，其职责相当于现在的环保局局长。可见，环境保护局已经有四千多年的历史了。

自然世界有其自身的运行规律，有自身之道。何谓道？《庄子·在宥》云：“何谓道？有天道，有人道。无为而尊者，天道也；有为而累者，人道也。主者，天道也；臣者，人道也。天道之与人道也，相去远矣，不可不察也。”

荀子在《天论篇》开头便说：“天行有常，不为尧存，不为桀亡。应之以治则吉，应之以乱则凶。强本而节用，则天不能贫；养备而动时，则天不能病；循道而不贰，则天不能祸。”这就彻底否定了天有意志的说法，把自然界的客观规律与人类社会的发展状况区分开来。所谓“天道有常，不为尧存，不为桀亡”（大自然运行变化有一定的规律，它不会因为尧的圣明而存在，也不会因

潮河

潮河位于黄河和徒骇河之间，是为解决该流域排涝，于1965年人工开挖的一条独流入海河道。这条流经滨州市滨城区、经济开发区和沾化县的潮河曾经给好多人留下美好的记忆：一个猛子扎下去就能摸到毛蟹，回到家用盐水腌制两三日就可以吃，鲜美的味道非常诱人，能“就吃”两个大窝头；在河底的泥土里还能找到很多蛤喇，回家后用开水煮沸，然后再放入野菜，那泛白的“蛤喇汤”绝对是贫苦的庄户人家改善的上乘美味；还有那潮河里长的梭鱼更是集市上的抢手货！

但是，从上世纪90年代开始潮河的水质就变了，水面上经常出现油污和浑浊的污水，潮河里的鱼虾蛤喇等就慢慢灭绝了。现在的潮河成了一条排污的臭水沟。至于那污水从哪里来，有人说是滨州造纸厂排出的污水；有人说是滨州印染厂污染的；也有人说是沾化的化工厂和皮革城排出的污水污染的；到底污水是从哪里来的呢？当地环保执法部门也是多年稀里糊涂的没有弄清楚，一条排涝河道成为一条纳污河道，这样的转变破坏了当地环境，让沿岸居民叫苦不迭。

现在，潮河周边环境恶劣，群众反映强烈，虽几经治理改造，仍未得到彻底改观。

为桀的暴虐而就消失）。如果违背了自然的规律，人为的主观改造，会适得其反，人类就会遭殃。他说：“天不为人之恶寒也辍冬，地不为人之恶辽远也辍广，君子不为小人之匈匈也辍行。天有常道矣，地有常数矣，君子有常体矣。”在天人相分的基础上，荀况大胆地提出了“制天命而用之”的光辉思想。他进一步提出：“与其把天看得非常伟大而仰慕它，怎么不把天当作一种物来畜养它、控制它？与其顺从天而颂扬它，怎么不掌握和控制天的变化规律来利用它？与其仰望天时坐等它的恩赐，怎不因时制宜，使天时为其生产服务？”

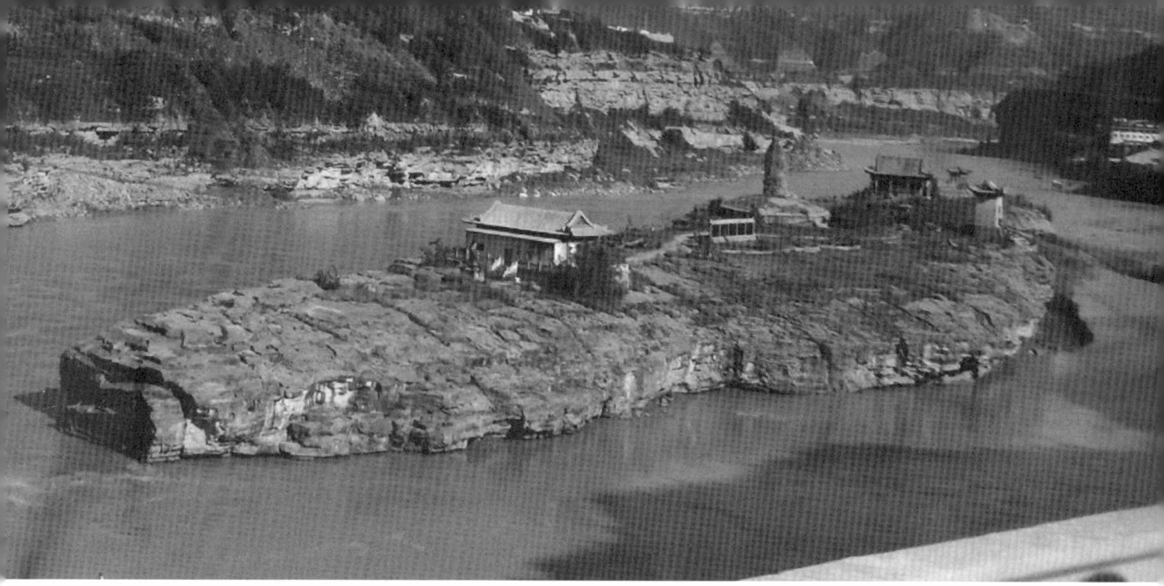

黄河壶
“大禹

大自然有其不以人的意志转移而转移的客观规律，而人类不能违背物质世界的自然法则，改造自然也要遵循自然规律，主观臆断，盲目改造，只会遗患无穷。宇宙万物，生必有因，毁必有果。平衡生态，就是要万物和谐，要随顺自然法则、自然规律。人类无休止的贪，对自然极度透支，开矿、伐林、采油、捕鲸、极地开发……破坏了自然生态，造成生态失衡。大自然失衡了，必然寻求新的平衡，其变动的表现就是地震、海啸、旱灾、涝灾、温室效应、动植物变异、怪病丛生。逆行自然是罪，随顺自然是德。因果报应，人不能不明此理！还是我们中国古人懂得自然之道，天人合一，四方平衡，人与自然和谐相处才能让世间万物欣欣向荣。“天人合一”讲的就是顺应自然之道，也就是随顺，随顺就是德。

大禹治水，开头采取的是“堵”，违背了自然的规律，结果越“堵”水灾越严重；后来他发现了黄河洪水的流向规律，顺应自然规律，采用“疏”的方法，于是治水成功。可见我们顺应自然，会得到上天的护佑；违背天道，必然遭到上天的惩罚！中国古人在自然生态环境认识方面，讲究“天、地、人合一”，对于生态环境与人类居住的关系，有很多独到的见解。

原始社会时期，由于野兽众多凶猛，人们为了逐禽兽并获取食物，用火焚烧森林原野。然而，这样做对动植物资源造成了极大的破坏，以至于“童山枯泽”。到春秋战国时期，人们逐渐认识到山林泽薮的价值及火灾造成的危害，于是严禁在冬春之际放火烧荒，因为此时气候干燥，草木黄落，最容易造成大火灾。一年用火陶冶及焚草莱的时间只限定在季春三月及季秋九月之间，其余时间严禁用火。

早在夏朝便有这样的规定："春三月，山林不登斧斤，以成草木之长；夏三月，川泽不入网罟，以成鱼鳖之长。"还有"命祀山林川泽，牺牲毋用牝。禁止伐木。毋覆巢，毋杀孩虫、胎、夭、飞鸟、卵"。这就是正月的保护规定。对打猎活动做出原则规定："国君春田不围泽，大夫不掩群，士不取鸟卵者。"这实际上是对打猎数量的限制，即国君春天打猎，不能采取合围猎场的办法，大夫不得整群整群地猎取鸟兽，士不得猎取幼兽或拣取鸟蛋，显然这是为了防止斩尽杀绝，以使鸟兽能正常繁殖。《礼记·王制》还规定："正月獭祭鱼以后，管理水泽的虞人才可以下水捕鱼；九月豺祭兽之后，才能猎兽；八月鸠化为鹰之后，才可以张网捕鸟；草木零落之后，才可以进山砍伐树木；昆虫蛰伏以后，才可以烧草肥田；不捕杀幼兽，不攫取鸟卵，不残害怀胎的野兽，不杀未长大的鸟兽，不倾覆鸟巢。我们的先人很早就认识到"败不掩群，不取麛夭；

本书作者李冉在海拔 4300 多米拍摄的保持着纯自然生态的青藏高原。

不涸泽而渔，不焚林而猎。”认为要想利用自然资源，尤其是生物资源，必须注意保护，合理开发，反对过度开发，特别是破坏性的开发。

春秋时期的齐相管仲就十分注意保护山林川泽，他认为“为人君不能谨守其山林菹泽草莱，不可以为天下王”，这是因为山泽林薮是“天财之所出”，“天财”者，自然资源也。也就是说，只有保护好山林川泽中的自然资源，人们吃的用的东西才不会缺乏。由此可见，保护环境是为了防止物质资源的匮乏。《管子·八观》又说：“山林虽广，草木虽美，禁发必有时；国虽充盈，金玉虽多，宫室必有度；江海虽广，池泽虽博，鱼鳖虽多，网罟必有正，船网不可一财而成也。非私草木爱鱼鳖也，恶废民于生谷也。”这里的保护是为了防止老百姓放松粮食生产，关系国计民生！

我们的先人几千年前就把污染环境列入重要法治管理。韩非子曾说“殷之法，刑弃灰于街者”。商鞅在秦国实行变法时，也曾制定“弃灰于道者被刑”的法律，主旨就是村民在烧火做饭后从灶间清理出的草灰不可乱倒，这在当时列入法条似乎有点严苛，但说明其对污染环境者的严厉态度。而今天，频繁发生的生态危害与灾难已将生态环境保护与建设提到了刻不容缓的日程上。面对今天的土壤退化、荒漠化，水土流失加剧，森林面积与生物多样性锐减，洪涝灾害、雾霾弥漫、沙尘暴频繁发生，回想祖先对环保的重视，再对照今天那些破坏生态环境、以邻为壑、偷排污水、乱扔垃圾的行为，不能不使我们这些炎黄子孙汗颜。

先秦的时候就制定了保护山林资源的政令。如在有山林物产的地方设藩篱为保护边界，严禁人们入内乱砍滥伐。林衡为山虞的下级机构，其职责是负责巡视林麓，执行禁令，调拨守护林麓的人员，按察他们守护林麓的功绩，赏优罚劣。泽虞与山虞相类似，川衡与林衡相类似，只不过一管山林草木，一管川泽鱼鳖而已。西汉宣帝元康三年朝廷下诏说：“令三辅毋得以春夏巢探卵，弹射飞鸟，具为令。”这可以算作一道专门保护鸟类的诏令。朝堂衙门为了保护一只小鸟竟然下发红头文件，的确是做到了“天地者，万物之父母也”，崇尚自然了。

唐宋有“掌京城街巷种植，山泽苑囿，草木薪炭供顿、田猎之事。凡采捕渔猎，必以其时。凡京兆、河南二都，其近为四郊，三百里皆不得戈猎采捕”的禁令，其中“凡采捕渔猎，必以其时”，这是当时古人最早的禁渔措施。宋朝的某些皇帝比较重视生物资源的保护，下诏颇多。宋朝的宋太祖赵匡胤下诏，规定春天二月，一切捕鸟兽鱼虫的工具皆不得携出城外，不得伤害兽胎鸟卵，不得采捕虫鱼，弹射飞鸟，以此永为定式。可见，人与自然是一个古老的话题，我们的祖先自走出茹毛饮血的穴居时代、跨进文明社会的那一时刻起，就重视自己赖以生存的环境，意识到了人类与环境之间的协调关系的重要性，留下了许多宝贵的史料。在人类社会高度发展，环境问题日渐突出的今天，回顾我国古代在环境保护方面的有关内容，对我们今天的环境保护仍有很好的借鉴作用。

明朝规定“冬春之交，罝罛不施川泽；春夏之交，毒药不施原野”，罝(音jū)：捕捉兔子、鸟等飞禽走兽的网；罛(音gū)：一种很大的渔网。这个规定的意思是，在春天刚刚万物复苏的时候，不要用网捕捉兔子、鱼、飞鸟等动物；在夏天刚开始的季节，不要在荒草野地里乱施毒药。在那个物资贫乏的年代，古人为何有如此禁令呢？

因为经过整整一个严寒冬天，没有迁徙飞走的小鸟因为冬天的寒冷难以寻找到虫子及草籽等食物，冬天鸟类食物匮乏，很多可以吃的果实、种子在深秋就被鸟儿啄食完毕。尤其雪后，大雪覆盖了本来贫瘠的土地，鸟儿要一直饿着肚子等着雪化了，草皮露出来才能觅食，很多当年出生的新鸟和体弱的老鸟会被饿死冻死，即使能活下来的也是在瘦弱中等待春天的到来。很多鱼在冬天沉入水底或钻入泥草中躲过寒冷的冬季。这个时候不要去捕捉小鸟和鱼类，如果趁“寒”打劫，不论是鸟还是鱼类有可能在寒风中被无情地“一网打尽”。

“几处早莺争暖树，谁家新燕啄春泥。”春天来了，万物复苏，经过严寒冬天的鸟类和各种鱼开始活跃起来，小鸟在春寒料峭中啄食于嫩芽间隙的草丛中，鱼也偶尔游到水面冒个小小的水泡。此时如果在草地上洒下有毒的药物，饥不择食的鸟会在半青半黄的草地上丧命。可见，“冬春之交，罝罛不施川泽；春夏之交，毒药不施原野”，古人对田园牧草中保护动物是何等之“仁”呀！但是，到了现代文明的21世纪，有人却为了个人私利，用大网把鸟“粘”住然后出售给野味餐馆个人赢利。在树林中或围墙的高处有人把网高高挂起，封住西、东、北三个方向，布下“天罗地网”等鸟自投罗网，而且鸟网分两层，上下有九兜，野鸟一经粘住，就落入底下的兜，可谓插翅难飞。被粘住的鸟最后在所谓的野味餐馆的油锅中炸成金黄成了盘中餐，被一些人在觥筹交错的喧闹声中吃入油油腻腻弯弯曲曲花花绿绿的肥肠中，残忍之至，罪过也！

现在很多人变着法地吃出新鲜，吃出刺激，吃的都是良心。人生在世也就是那么几十年最后是转瞬即逝，而不变的是江河万古流，许多人只知“人是万物的主宰”，却不知“天地与人并生，而万物与我为一”，“人法地，地法天，天法道，道法自然”的道理，只知“人定胜天”，却不知“不开人之天，而开天之天”，至于“以鸟养鸟”的告诫，恐怕也已经被“杀鸡取卵”、“竭泽而渔”的人们抛到九霄云外了。“道大、天大、地大、人亦大”，“域中有四大，而人居其一焉”。这就清楚地说明：人和自然万物是平等的，人并不比其他万物具有更高、更优胜的地位。在道家看来，天地万物是个有机关联的整体，自然万物有其自身发生、发展的内在规律，而人作为大自然的一部分和“道”的化生物，理应效法自然，遵循自然的规律和法则，即“人法地，地法天，天法道，道法自然”。

曾几何时，碧海蓝天，鸟语花香，树影婆娑，为什么都已不复存在？追寻这一切的祸根，在于为了一个畸形的发展而"涸泽而渔"。

对环境的破坏日趋严重，对资源的使用走向了滥用，自然生态被人为破坏，未来付出的代价是最惨重的，生态系统退化的严峻，矿山为了贪暴利滥开采，林区为了贪近利而乱砍滥伐……要"取之有度，用之有节，则常足"。

谁也不曾会想到，地震、海啸、土地变沙漠等突如其来的自然灾难正在吞噬着人类的生命。不容忽视的是，面对无所不在的生存环境问题，自救和治理措施却少而无力，防范和应急措施并没有形成有效的机制和制度。治理环境不能总是"头疼医头，脚疼治脚"，不能总是重蹈"先污染，后治理"的覆辙，不能总是依赖于"倒逼机制"，不能总是被动地"亡羊补牢"。

毋庸置疑，拯救环境立法才是最根本的出路，法规执行好、落实好才是真的好。

人和自然万物之间存在因果报应关系,人与宇宙万物是互相感应的,感应的基础是人和万物都有灵性,人与物信息相通。同时人是万物中最有灵性的,人属于自然又区别于自然,人必须依赖自然而生存,故人应在与自然和睦相处的前提下有节制地满足自己的物质要求,以便生态自然环境的恢复与保护。

所有一切都有其生存规律和自然之道,人类文明虽然才有几千年的记录,但是地球上的人类和高级生物绝不是只存在几千年。曾有报道发现高度发达的史前文明,具体是何等的文明程度,现在还属于科学探索阶段。科学家已经推算,地球已经经过几次大的变化,我们赖以生存的石油就是数万年前的动植物有机物变来的,而煤就是千百万年来植物的枝叶和根茎,在地面上堆积而成的一层极厚的黑色的腐殖质演变而来的。虽然地球最早的文明史只有七八千年,但是生命的存在绝不是这么短历史。所以我们人类一定要遵循道法自然的规律,保护我们赖以生存的地球。

大自然有自己的规律,而人类如果违反了自然规律,那么对不起,大自然不会让步给人类,不会按照人类的意志行事。

人类在灾难来临的那一刻,显得那么渺小,那么无助,那么无可奈何。无论你是谁,无论你有多大能力,无论你职务有多高,无论你多有钱。在灾难来临的那一刻,你无法拒绝,你只能无条件接受。

平时我们常说遵从自然规律,违反了自然规律就会受到惩罚。人类对大自然无休止地开发,人类贪婪地占用土地,人类对财富疯狂地攫取。人类常常违背自然规律去满足自己的贪婪。毒奶粉、瘦肉精等东西的出现,难道就没想到下一代吗?为了得到眼前的利益污染、破坏生态环境,甚至毒害民众,难道就没想到下一代吗?

天有天道,地有地道,人有人道。天道、地道、人道相通。人是属于地球的,地球是属于天的,天是属于自然演变的。人在地球上生活就要遵循地球

近年来，我国不少地区都受到雾霾天气影响，多地PM2.5指数直逼最大值，空气质量达到六级严重污染。霾天气引起的健康问题主要以急性效应为主，主要表现为上呼吸道感染、哮喘等疾病的症状增强……

面对雾霾我们该怎么办呢?

运行的规律，地球在天空中运行就要遵循天体运行的规律，天体的运行就要遵循“道”的规律，而“道”的规律就是“自然”。

自人类社会进入工业化社会以来，人类以大自然的主人自居，不断地向大自然挑战，不停地向大自然进军。随之而来的则是：环境污染严重、生态平衡破坏、社会经济发展和人类生命健康受到极大的威胁。

石油的掠夺性开发，煤炭的无计划开采，河流和湖泊的任意堵塞，汽车的空气污染，山林的恶意毁坏，人口极具爆炸性增长，城市的无限制扩大等。人类不能脱离自然规律，不应该倒行逆施而遭来“天谴”！而应该自觉壮大并且融入大自然，人类自身的生存环境才可能达到最高的境界！违背大自然的规律，必然会受到大自然的惩罚！

污染事件的发生看似偶然，其实背后有其必然性，从根本上说，是片面追求GDP忽视环境保护而长期累积起来的矛盾的集中爆发，是环境保护滞后于经济发展的必然结果。

中国作为一个发展中大国，经济发展快，环境污染严重，而群众的环境意识有了很大提高,依法维护自身环境权益的愿望日益强烈,两者矛盾不断累积。再加上政府处理这些问题不论从制度上、认识上和应对实践上,都准备不足,难以适应形势需要。

从认识上来说,有些地方政府长期以来重经济、轻环保,为体现政绩招商引资往往降低环保门槛, 在环境问题上自觉不自觉地站在人民群众的对立面,成为企业的代言人。很多污染问题直接影响群众健康,突破了人民群众的心理底线,而有的领导干部没有坚持以人为本,忽视民意,对群众依法维护自身环境权益的强烈愿望,认识严重不足。

我们可以直观地发现,是什么在污染环境,是谁在污染环境。但是,还没有一种力量可以直接制止这种破坏环境的行为。因为在这种行为的背后,是与保护环境明显对立的、在社会中占主流地位的工业生产、市场机制、资本逻辑、生产模式、消费理念、价值观念和自然伦理。这种社会结构和机制不仅主导了个人行为和企业行为,而且在很大程度上也主导了政府行为。对环境造成严重污染的造纸厂、皮革厂、化工厂等企业的产值是一个很大的负数。市场机制只考虑到买卖双方的利益,却根本没有顾及第三方的利益。某化工厂经济效益很好,客户也很满意。但是它所排出的废水却污染了河流,沿岸居民的健康和经济受到严重损害。

土地是我们人类赖以生存和发展的基础资源, 但是现在土地土壤因重金属污染集中多发,很多地方出现了“癌症村”。

土地污染尤其是重金属污染，给人们生活带来重大隐患，即生命安全受到挑战，职业病高发，病死率大幅上升，死亡的年龄普遍提前至 45 岁左右。骨癌、骨痛病人数都呈上升趋势，在重金属污染的重灾区，当地群众的血、尿中镉含量是正常人的 2—5 倍。有些因土地污染地下水质量较差，造成砷中毒、氟中毒等地方病较为严重。

有的村子是砷中毒的重点区，村里病人多，而且死亡人数也多，主要是以癌症为主，大多在壮年时就由于病魔的折磨而过世。

近年来环境污染群体性事件呈多发态势。分析这些事件可以发现，因环境污染引发的群体性事件相较于其他群体性事件，人数众多，声势浩大，政府的应对和控制能力薄弱。而且最终解决无一例外都是以当地政府迅速宣布停建污染项目，事件才得以平息，这样的演变模式可能会“鼓励”今后更多的此类群体性事件发生。

这些事件应该引起我们的许多思考：相关项目的污染到底有多严重？地方政府是否存在重经济轻环保的倾向？这些项目当初的环境影响评估是否完善？政府的决策是否公开透明？与其事后维稳，为何不事先让公众充分参与？公众的群体行为是否全都理性、合法？为何群体性事件总是夹杂着“打砸抢”行为？政府对突发事态应如何应对？“一闹就停”是否会进一步丧失政府公信力？

对于环评环节，环境问题的核心并不是在审批时去考量什么，而是整个的环境影响评价制度现在需要做出重大的调整。现在的环评很多时候是走过场，缺乏信息的公开、公众的参与，很容易受到压力和诱惑，环评的科学性以及整个环评的质量会受到挑战。现在最核心的问题，是要将环评的过程进行根本的调整，能够与国际接轨，让它变成一个利益各方充分参与的过程，用民主的选择去保证科学的决策，把群众利益放在第一位。如果这一点做不到，环评的质量就难以保证。

这些项目带来的环境影响本来应该是企业的事，而有些地方政府却喜欢大包大揽。一旦出现大规模群体性事件,又不敢担当,为平息矛盾匆匆表态停建或取消项目,既造成恶劣影响,再次严重杀伤政府公信力,又对承揽项目的企业极不负责,也失信于企业。

现在,环境污染问题已成为容易引发农民群体性事件的因素之一。总体来看,容易引发农民的群体性事件主要是 4 个方面:一是土地征用;二是环境污染;三是移民搬迁;四是集体资产的处置。引发这些问题,主要原因:一是有些地方在经济发展中不注重科学发展观,单纯地追求 GDP,损害了农民的利益;二是一些地方干部存在腐败现象,导致群体性事件发生。

污染事件的发生看似偶然,但有其必然性。根本原因,是片面追求 GDP 忽视环境保护,而导致长期累积的矛盾集中爆发,是环境保护滞后于经济发展的必然结果。GDP 至上的政绩观是重经济发展轻环境保护、污染事故多发的重要根源。在这种发展观、政绩观下,污染项目闯过了环保关口,违法企业得到了庇护。致使 GDP 上升了,环境质量下降了;财富增加了,群众的幸福感减少了,这是以环境换取经济发展的结果。同时,随着环境问题的日益突出、群众环保意识的逐步提高，污染问题已经成为引发群体性事件的一个新的诱因。环境信访问题如果得不到合理的解决,大多数会转化为群体性事件。根本原因,主要是污染危及受损者的基本生存,公众环境参与的权利没有受到应有的尊重。

环境保护本质是发展问题,更是民生问题,必须优先解决。环境问题得不到解决或解决得不好,就可能累积并显性爆发,最终导致付出更大的行政成本,影响政府的形象、损害政府的公信力、削弱政府的权威。只有优先解决了环境问题,才能以最小的行政成本实现好群众的根本利益,赢得解决群众问题的主动权。安全、环保、稳定,关系发展、关乎民生,任何时候都不能掉以轻心。

近年来,农民的收入有了明显提高,居住条件得到不断改善。但令人遗憾的是,农村的环境卫生不仅没有改观,反而污染更趋严重。有些地方的农村喝不上干净的水，有的饮用水源水质不达标；中国农村人口中与环境污染密切相关的恶性肿瘤死亡率逐步上升。

在城市产业升级换代和城市环境整治过程中，将大批落后的、污染严重的工业项目和工业生产设施转移到农村，垃圾和废弃物将农村作为堆放地。受乡村自然经济的深刻影响，农村工业化实际上是一种以低技术含量的粗放经营为特征、以牺牲环境为代价的反积聚效应的工业化。家庭作坊星罗棋布，村村点火、户户冒烟。没有治污或设备简陋，随意排污严重，导致河水污染、树木枯死、农田减产，一家企业污染一条河、一个工厂毁掉一大片土地的现象很普遍。

人需要呼吸空气以维持生命。一个成年人每天呼吸大约 2 万多次，吸入空气达 15–20 立方米。因此，被污染了的空气对人体健康有直接的影响。大气中污染物的浓度很高时，会造成急性污染中毒，或使病状恶化，甚至在几天内夺去几千人的生命。

由于受传统观念影响，温饱即足，只顾眼前利益，没有长远打算，农民的环境意识和维权意识普遍不高，对环境污染和破坏的危害性认识不足；即使认识到环境污染的危害性，也不知自己拥有何种权利、如何维护自己的权益。

因为物欲的屏障，心灵自蒙污，而致意识的无视，“觉”回路无法形成，大家都不自觉地参与到环境污染中了。强势的人类，无限的介入，共业的累积！

第七节

山清水秀复兴路
四季和风耀中华

蓝天常在，青山常在，绿水常在。

曾经被很多人一起谈论的“APEC”蓝，揭示的是人类与自然关系的现实命题，是共生、共赢、共荣，而不是征服、改造、索取。

既保住青山绿水，又实现人民富裕和经济快速增长，建设生态文明，不是要放弃工业文明，回到原始的生产生活方式。而是要在能源资源和生态环

境可承载的前提下，建设发展、富裕、生态良好的社会模式。人类与自然的关系既然是伙伴关系，朋友关系，那么要求人类在与自然关系的问题上，必须以互惠互利、共同发展为前提，克服目光短浅、急功近利思想，树立人与自然和谐并进的关系。就是要求人类的思维视点，不能关注在征服上、改造上、索取上而是放在共生、共赢、共荣上；就是要求人类去爱护自然、保护自然，对自然抱有一种敬畏的心情，努力为失去平衡支点的自然界做些"亡羊补牢"式的修补或调整；就是要求人类适应顺应自然，利用自然自身固有的运动规律，更好地创造美好的生活；就是要求人类克服急功近利、自私自利思想，摒弃短视眼光，着眼现在，放眼未来，倡导并树立一种人与自然的和谐就是人类最大美德的观念。

人来源于自然界，人和动物都是自然界的客观组成部分。当物质世界发展到一定的历史时期，即在地球上能够产生人的时候，自然便分化出了它的最高级动物——人。人类的产生，是自然界发展趋势的必然。人来源于自然，从本源的意义上讲，大自然作为母亲生出了人，人是大自然的儿子，与此同时，大自然也孕育了其他一切生命，当然包括动物。所以，人和自然界的一切生命体一样，都是物质世界的具体形体，人来源于自然，人本身就是物质世界、自然界的一个客观组成部分。

人作为自然进化的产物,从生物学意义上讲,人是一个生物存在,人身上同样禀赋有物性,但不能单纯运用物的方法来认识人,简单地把人当作物。人之所以为人是因为人存在意识,能通过劳动、实践活动改造自然。动物是适应自然环境生存,而人是改造自然生存的。作为自然之子的人是一个不肯驯服于自然意志的能动存在,人总是要通过实践活动把那里沉睡的力量唤醒过来,让"自在之物"转化为"为我之物",把自然提升为人的世界的一部分,以创造符合人的需要的世界。正是由于人积极能动改造自然,使人逐渐地在自然中分化,形成人类自己独特的人类社会。本来是人来源于自然,实践活动却使人成为自然力量的"主宰"。本来自然是"万物之母",实践活动却更新了存在样式,成为了理解现存世界的"本源"。

人与自然关系的认识自人类出现以来,就存在着人与自然的关系问题,只是在原始时代,低下的生产力作用于自然。到了农业时代,由于生产力的发展,人类改造环境的主动性、积极性不断提高,已对自然的干预造成了始料不及的后果。随着工业文明的兴起,科技与生产力水平的极大进步,征服自然的逐步胜利。可是,令人类始料不及的是,工业文明像一把双刃剑,既为人类带来了前所未有的物质文明,但也造成了各种各样的环境问题,大气污染,温室效应。当近几年我们频繁处于"雾霾"之中,其实是大自然在向我们人类发出的警示!

传统的自然观是建立在人类社会与自然界对抗的基础上,认为人类社会的发展过程就是不断征服自然的过程,人类物质生活要提高,就得不断向自然索取;索取得越多,物质财富就越丰富,物质文明的程度也就越高。这种观念导致了人类对自然无穷无尽地掠夺、可利用资源日益枯竭,生态环境日趋恶化。事实上,大自然是承载人类文明大厦的基石,是人类社会产生、发展的基础。自然界中包括动植物在内的各类物质是一个相互影响、有机联系的整体。人类从来就处于生态系统之中而不是置身其外。

我们应当懂得，自然资源是有限的，对自然的索取应当保持一种理性的节制，人类社会生产生活所产生的废弃物不能超出大自然的自净能力；爱惜资源、爱护环境是人类必须承担的责任。当人类不再被饥饿困扰时，就应当在保持经济持续发展的同时，着力优化自然生态。

人利用、改造自然的活动要受到自然本身的规律的制约。人类依赖自然而生存，人在改造自然过程中，是按自己的方式改变自然形态的。人与自然的矛盾不可避免。特别是近几百年来，人类依靠科技力量，不断地改造自然，表现出了无穷的力量。与此同时，人与自然的矛盾也加剧了，人类盲目的实践只会破坏自然界生态的平衡，其后果是遭到自然界的严厉报复，自毁家园。人不可能使自然界完全变成人的附属物，自然规律是客观存在的，它制约人的实践活动。人不应该以自然的征服者、统治者自居，应如实地把自己当作自然界的一员。动物要适应自然环境，人在改造自然时，也要尊重客观规律，合理地利用自然规律，因为人依赖自然，其实践活动受到自然规律的制约。

在人与自然的关系中，人类已处于主动地位。当人的行为违背自然规律、资源消耗超过自然承载能力、污染排放超过环境容量时，就将导致人与自然关系的失衡，造成人与自然的不和谐。

我曾经与某位县级干部座谈时提到当地的环境污染问题，他的观点是"先要金山银山再要绿水青山"，这观点我当场一笑了之对待。既要金山银山又要绿水青山是存在矛盾的。人与自然矛盾的出现，使人类认识到对自然的改造不能是无限度的，而应该是有节制的，否则自己生存的环境会受到破坏。人和自然的和谐发展内在地要求人类在改造自然利用自然的同时也要保护自然，这也是为了我们的子孙后代，为了人类的长远利益。人和自然的和谐发展是历史发展的必然趋势，而其主动权在于人，在于人的科学合理利用自然资源，这一切，都必须在人的积极主动的劳动、实践中才能实现。

面对频频出现的灰蒙蒙的天、弥漫的"毒气"，使我们措手不及；一波又一波的漫天雾霾，满街的"口罩面罩人"，黄沙蔽日，沙尘暴不断侵犯我们的家园，使我们束手无策；赤日炎炎，禾稻秸焦，煎熬着人心的持续的大旱和滔滔洪水，使我们无计可施。不知残酷的自然灾害能否惊醒世人？我们不禁扪心自问：这些，难道不是我们亲手"种因得果"造成的吗？

地球，一直饱受了人类的无情折磨与蹂躏！而人类，又必须依赖地球而生存！然而，我们为何要对地球如此？面对层出不穷的生存问题，我们还能够为下一代做些什么？试问，往日活力的青山绿水的笑靥为何无处可寻？人类生存的环境为何频频亮起了红灯？假如，我们不及时悬崖勒马，不拯救备受摧残的地球，那么我们留给下一代的除了各种"污染"，还有什么呢？

人类达到今天的科技文明仅仅用了 200 年左右的时间，而这在地球长达 45 亿年的历史里不过是惊鸿一瞥。人们把自己想象得很伟大，其实我们何等的渺小，祖先发明工具征服自然，我们发明武器征服自己，我们的思维变得迟钝，我们的肢体变得无力，我们终被自己杀死。在过去的一个世纪内，地球温度上升了 0.6 摄氏度，这直接导致了地球上由风暴、洪水、干旱等引起的各种天灾成倍增加。人是地球的主宰，至少人是这样认为的。可是一旦人类聪明到了"无所不能"的时候，估计死亡以及毁灭也就离我们越来越近了。

几十万年前我们的祖先用意志和双手度过了寒冷的冰河时期，几十万年后的今天，我们面对的气候问题并没有减少，恰恰有成倍增长的趋势。土地沙漠化，森林被吞没，数以万计的人被迫离开家园，流离失所，忍受饥饿。全球气温升高，地球两极冰雪融化，海平面上升，足以淹没大陆边缘的众多面

本书作者李冉拍摄的青藏高原雪山景观

积。洪水泛滥等一切,这些对人类来说也许并不可怕,但真不知道当人类再次面对冰河时期或“火炉时期”,地球会是什么样呢?

人类是自私的,用煤炭为自己取暖,却把酸雨留给大自然;他们用漂亮的衣服,精致白纸为自己装饰,却把污水留给了江河;他们享用可口的美食,却把白色污染留给了田野。然而人类最终会自食其果的。每年因为环境污染而死亡的人有六千多万,有些地区健康婴儿的出生率逐年下降。也许多少年后人类就丧失了繁殖的能力了!

当世界的煤与石油天然气等资源消耗完后,核电站将成为主要的电力来源,然而核电的废料将污染整个世界,加之地球的二氧化碳的增加,也会早早地让冰川时代降临。那时冰川覆盖整个地球,植物被冻死,万物不长,植物死了,食草动物也就灭亡了,食肉的动物没了食草动物吃,食肉动物自然也会灭亡。人类也自然没了食物。越来越多的证据表明,科技发展速度之快超过了人类的控制能力。

站在烟塔林立的工厂前,我无奈地感叹:救救我们自己吧!

我们在实现经济发展的同时,建设美丽中国更要给子孙后代留下更多绿色的发展空间,“楼兰”的消逝就是一面镜子,保护好我们共同的家园,创造更舒适的居住条件、更优美的环境,为子孙后代留下水更清、山更绿、气更净的生产生活环境。

让我们赶快行动起来,实现中国梦,建设生态文明保护好我们赖以生存的环境,就是给子孙后代做了一件最有意义的大事情。

蓝天白云下,鸟儿在飞翔;
青山绿水旁,我们放飞梦想的翅膀……

第三章

厚土在上

大地在我们的脚下，但我们万不可自以为是大地的主人而妄为。就如虽然船在上面，水在下面，然而水仍是主人翁！我们已经摆脱了原始野蛮的篝火，土地解决了我们的温饱问题，同时也给了人们群体繁衍的希望！

我们这么大一个国家，两千多年的土地私有制形成了自给自足的传统农业大国，但也在世界变革的大潮中曾经错失工业革命的兴起；人民公社运动是对人与土地关系的大型试验，把集体力量几乎发挥到极致，但过度的大锅饭和平均主义压抑了人的自然属性；分田单干家庭承包补上了休养生息藏富于民这一课，把面朝黄土背朝天的农民从世代耕种的土地上解放出来，推向了自由竞争的大市场，农民选择无奈的撂荒，远走他乡，进城打工，造成了农业的弱化地位；到底需要什么样的方式让什么样的农民在有限的土地上耕作，中国“三农”人地关系的探索仍然在进行中……

仰望苍天，再呐喊一声：
厚土在上，受我一拜！

西安大明宫遗址

第一节

刀耕火种育华夏
井田阡陌启文明

我们人类的祖先开始并没有利用土壤种植庄稼。在过去的200万年,我们的祖先都是游牧的采集狩猎者。后来,随着地球气候变得越来越温和,人类行为也逐渐发生了改变。人们开始实验可食植物,从最好的植物里选择种子并将它们种植在受保护的地区。这就是农业的产生,这种生存方式需要人们停留在一个地方照顾他们的庄稼,游牧生活方式逐渐地被更定栖、更持久的安营扎寨所取代。动物也被家养成为伙伴、仆人或者食物的来源。

在大约一万年以前,我们人类的祖先在狩猎的原始森林里有了重要的发现。在泥土中挖出一个个小坑,投入几粒种子,再用土埋上,过些时日能收获更多的植物种子,这些种子能在打不到猎物的时候充饥,后来,就有一部分原始人开始先以石斧砍伐地面上的树木等枯根朽茎,草木晒干后用火焚烧。经过火烧的土地变得松软,不翻地,利用地表草木灰作肥料,播种后经过自然生长会收获更多的植物种子,在没有打到猎物的时候,这些多余的种子就成为生存的食物。

沧海桑田,物竞天择。原始人类用石斧和焚烧的方法种植植物种子的方式就叫"刀耕火种"。刀耕火种又叫迁移农业,有些地方称之为"打游击农业"。是一种古老原始的农业耕作方式。这种耕作方式没有固定的农田,原始农民先把地上的树木全部砍倒,对一些大树有时先割去一圈树皮,让它枯死，然后再砍倒。已经枯死或风干的树木被火焚烧后，农民就在林中清理出一片土地，用掘土的棍或锄，挖出一个个小坑，投入几粒种子，再用土埋上，靠自然肥力获得粮食。大约在距今一万两千年前，中国的新石器时代早期阶段出现了原始农业的雏形。

原始社会的土地耕种实行的是土地公有制，更准确的说法是氏族公社土地公有制，从距今 170 万年以前的元谋人一直到公元前 22 世纪家天下的夏朝建立，经历了漫长的历史时期。氏族社会后期出现了井田制。井田的经营方式有公田和私田两种，“公田”是原始公有土地的残存，平民通过在公田上集体耕作的方式，承担向国家交纳赋税的义务，公田上的产品，全部归贵族所有；“私田”则是公社农民的份地，需要定期重新分配，其产品一般归公社农民所有。

第二节

耕读传家躬行久
诗书继世雅韵长

大约一万年前，出现了大型永久的居所，有了乡村，有了城市，产生了具有福利、财富分化以及等级文明迹象。春秋战国时期开始，铁犁牛耕成为中国传统农业的耕作方式，中国逐渐发展成为了四大文明古国之一。

在两千多年的中国历史长河中，土地私有制形成了中国自给自足的农耕文明。即使现在，仍然在许多古旧住宅的匾额上，很容易见到“耕读传家”这四个字。“耕读传家”在老百姓中可谓流传深广，深入民心。耕田可以事稼

百年世業在詩書
萬古家風唯孝悌
福
福

穑，丰五谷，养家糊口，以立性命。读书可以知诗书，达礼义，修身养性，以立高德。所以，“耕读传家”既学做人，又学谋生。这里所说的“读”，当然是读圣贤书，为的可不是做官，是学点“礼义廉耻”的做人道理。因为在古人看来，做人第一，道德至上。在耕作之余，或念几句《四书》，或读几句《三字经》、《百家姓》、《千字文》，或听老人讲讲历史演义。人们就在这样平平常常的生活中，潜移默化地接受着礼教的熏陶和圣哲先贤的教化。

在漫长的传统农业历史发展过程中也形成了厚重的土地情结。上古时代，我国有“社稷祭祀”制度，把国家称为“社稷”，当时国家统治者重视土壤和粮食，认为“神”可以引出万物，祭“神”可以保障五谷丰登。祭祀“土地神”、“谷神”的地方叫作“社稷”。

“土能生万物”和“民以食为天”，是中国几千年的历史中老百姓奉为至上的一个朴素的真理。“土”与“食”便由此而形成了因果关系，结下了不解之缘。从黄帝祀后土到历代帝王祀后土，再到百姓万民祀后土这种文化演

宠辱不惊
居官不知有家倒可尽职
居家不知有官方能守分

北京中山公园“五色土”稷坛园

进,并不仅仅是一种为满足精神和心理冀求的圣举,而更重要和更实际的还在于它是一种对土地的崇拜和期待,对丰收的企盼与渴望。显然,这种对土的祭祀与对神□的奉祀是大不相同的，主要的不同之点就在于赋予了这种祭祀以鲜明的经济含义和物质要求。这是自然的,也是合理的。从女娲补天到娘娘送子，其实质都是在以不同的方式证明着和强化着“土地是财富之母”这一颠扑不破的永恒真理。一捧黄土不仅蕴含底蕴极其深厚的土文化,而且潜质十分丰富;不仅闪耀精神光彩,而且涵负经济效能;不仅首开根祖之源,而且展布未来之景;不仅擎立华夏之脊,而且铸寓民族之魂,并必须因此而永葆生机勃勃的活力,永盈瑞气盎盎的魅力!

“土”在中国传统文化中有特别的意义。

中华国土因含有白、黑、青、红、黄五种颜色,而被称为“五色土”。在北京中山公园内设有“五色土”社稷坛,直径五丈,东方青色土,南方红色土,西方白色土,北方黑色土,中间覆盖着黄土。以五色土建成的社稷坛包含着古人对土地的崇拜。五种颜色的土壤,寓含了全中国的疆土,由全国各地纳贡交来，以表明“普天之下，莫非王土”之意。在这当中，五色土是最引人注目的，也让人无不惊奇不已，人们都想从中找出蕴含在背后的故事。五色土象征着我们广博的大中华，在社稷坛的东边是青土，代表着东边的大海；西边是白土，代表西部白色的沙漠；南边是红土，预示南方的红土地；北边是黑土，象征北部的黑土地；而中间的黄土，就是黄土高原的寓意。“中华五色土”是在广袤的中华大地上，按照东、南、中、西、北五个方位选取的青、红、黄、白、黑五种不同颜色的土壤。这意味着“五色之土”代表整个中华大地，并寓意中华疆域地大物博，多姿多彩。

为什么要按五个方位选取“中华五色土”呢？

在中华传统文化中“五”是个特殊的数字，天数中“九”为最大，地数中“五”为最大。在各个领域中，都存在着五个基本元素，“五”代表的是全部，涵盖着整体，已经不是一个简单的数字概念。传统文化认为“木、火、土、金、水”五种物质是组成世界万物的基本要素，把这五种要素称为“五行”。而五色、

五方、五音、五味、五行等之间又存在着相互对应的关系。组成对立统一的整体，这些玄妙的对应关系，都是华夏祖先们对自然界的认识与描述。从这些传统文化中，可以感受到我们的祖先在认识自然时的高深智慧。

土地神源于远古人们对土地权属的崇拜。土地能生五谷，是人类的"衣食父母"，因而人们祭祀土地。土地庙作为人们集中祭祀土地神的地方，自然随之兴盛起来。按照汉族的习俗，每个人出生都有"庙王土地"，即所属的土地庙，类似于每个人的籍贯；人去世之后行超度仪式即做道场时都会获取其所属土地庙。至今，在山东滨州、东营市一带的农村还保留着人死之后"上庙"的习俗。当一个人去世后，穿戴孝衣孝帽、手拿哭丧棒的子孙辈首先在庄乡的帮助下到村头"上庙"，到了村头，所有孝子全都跪地痛哭，由庄乡帮忙把冥纸烧掉，同时嘴里念念有词，大体意思就是谁谁死了要到"土地庙"向土地爷报个到。

正可谓人来自尘土而归于尘土也！

祭土地是上至王公贵族，下至小民百姓一年中的大事。先秦时期社神地位极高，故"社稷"一词通常作为国家的代称，祭祀典礼也由天子或各地行政长官主持。汉唐以后，社神的地位有所下降，祭祀也不限一地，其原因是因为"土地阔不可尽祭，故封土为社以报功。"所以各地山陵园地，均有大社坛，这些社坛以后又演变为各种土地庙，社神也由显赫的大神演变为小土地神。

老百姓祭拜土地的形式已经十分简单，在田头随便插上香烛，便可祈请土地神享用。在各家各户，都设有“地主神位”，每逢初一、十五(也有初二、十六的)，都以饭菜或瓜果祭拜，形式虽然简单但却勤且持之以恒。如有乔迁，“地主神位”也是首先迁入的对象。由此可见土地神在农民心目中的地位之重要。

老百姓崇信土地神，还有一个原因是土地神较易“疏通”，求家庭吉利、大小平安、六畜兴旺，不需丰厚祭品。土地神似乎对此亦不计较，虽神力有限，但慈善为怀，“有烧香就有保佑”。传说有三人同一天前往拜土地爷，三人都许诺要用猪头三个答谢神恩。第一位是卖鱼脯的，祈求出太阳可以晒鱼脯；第二位是菜农，求雨水足菜生长快；第三位是渔民，求刮大风可以扬帆出海。土地爷觉得三者互相抵牾，难以三全其美，紧锁双眉。土地奶奶心机好，立即就想出办法：“夜来落雨日来晴，鱼脯会干菜会青；半夜透风船出港，三个猪头到俺家。”看来土地奶奶最会算计。

中国的神文化历史悠久，民间信仰神，是从远古原始信仰传承而来的。神庇护人看不见又摸不清，而某些巧合现象一经渲染之后，马上传遍四面八方，人们宁可信其有，不可信其无。为了图吉避凶，寻求思想寄托或心理上的平衡，也随世俗潮流产生对神的信仰与祀奉，这种心态一直延续至今。对一方土地神的祭拜由于宣传破除迷信，现在没有过去那么热闹，但一家一户供奉的地主爷却有增无减。商店开业、建造房屋、某项工程开工，安个土地神位

到处皆有。丧葬未全面推行火化时,营造坟墓必有的“配套设施”,是在墓侧设置“土地之神”神碑,同享祭祀。相信随着科学的昌明,人们信神的观念将会逐渐淡化。土地庙在“文革”中作为“四旧”大部分被捣毁。随着改革开放和强调信仰自由以后,自 1980 年前后有蒸蒸日上的恢复和发展势头。多由农民自发组织建设,属于微型建筑,高度从不到 2 米至正常房屋高度;面积小则几平方米,大则十几平方米。

在很多宣传品中,土地公是一位白须白发、和蔼可亲的老人形象,因为他亲切慈祥,善助乡里,民间对土地神敬而不畏,善男信女伺奉土地若神明,向他祈求消灾免祸,为的是保一方平安。土地庙贴的对联更能说明土地爷的神通广大:土能生万物,地可发千祥;庙小神通大 ,天高日月长 ;土发黄金宝,地生白玉珍;哪怕你多财善贾,不烧香瞧瞧;莫嫌我庙小神小,不烧香试试;休仗你权大势大,如作恶瞧瞧;莫笑我老朽无能,许个愿试试!

我国土地信仰观念起源甚早。地者,万物之本原,诸生之根苑也。土地是万物的本原。土地是人类最初的摇篮,也是最后的精神家园。

但,现在人们对土地的尊重和敬畏在日益减少,旱涝无常、沙漠化扩大、资源枯竭等已经让人类受到了大地母亲的警告和惩罚, 守护我们脚下的这片热土,让我们共有的家园永远安宁、和谐、温暖,对珍惜土地资源、保护生态环境具有重要的现实意义。

第三节

耕者有田居有屋
平均地权立民生

在中国历史上，大凡农民起义发生，大都和土地有直接或间接的关系。封建时代的农民起义常因土地兼并而引起，以土地调整而结束。

在原始社会土地归氏族公社所有，氏族成员共同劳动，共同享用劳动成果。奴隶社会的奴隶主贵族实行土地井田制，实质是国王私有制，即所谓“普天之下，莫非王土”。封建社会是地主土地所有制、封建君主土地所有制和自耕农土地所有制三种形式。土地兼并是封建社会各个王朝的通病，也是导致农民起义的根本原因。

数千年来，中国传统上一向将土地兼并视作国家大害，千方百计加以抑制。以至于形成了这样一个循环：朝代开国时重新分配土地，造就出数百万个小自耕农；经过上百年日积月累，土地向少数人手中集中，国家丧失税源，一些失去土地的农民铤而走险；大规模农民起义爆发，政府崩溃，新王朝建立，重新分配土地。

历代大规模农民起义背后的实质问题是土地关系的调整，农民起义对当时的社会生产力无疑是一种极大的破坏。起义就会有战争，战争中许多田地荒芜，大量劳动力战死，社会生产都要经历时间不一的倒退或停止。但是农民起义其最大的功劳就是扫荡了旧有的政权格局或土地占有格局。战争结束后，旧有土地的所有者大官僚、大地主、皇族、贵族或战死、或逃亡，失去了原来的土地，新的王朝建立后为稳定社会秩序，恢复生产，一般会把“无主”的土地分配给一些农民；而且新朝初建，统治者一般都会吸取前朝的教训，对农民的剥削压迫有所减轻，所以一般王朝的统治前期虽宫廷斗争愈演愈烈，却鲜有大规模的农民起义。农民手里有一块可以基本上维持生存的土地，如果统治者压迫得不是太严重，天灾也在承受范围之内，一般不会揭竿而起。农民起义越彻底，规模越大，对前朝的统治基础打击就越大，新王朝平稳运行的时间也就越久。

秦末农民起义、隋末农民起义、元末农民起义和明末农民起义的规模都十分巨大，对旧政权的打击都十分彻底，所以代之而起的汉朝、唐朝、明朝、清朝，其政权运行的时间都十分长久。其中汉政权的建立者刘邦、明政权的建立者朱元璋本身就是农民。东汉末年的黄巾起义、唐末的黄巢起义都不是十分彻底，起义声势虽然很大，但没多久就被扑灭了。所以随后建立的三国政权和宋政权多少有些脆弱。秦末农民起义和隋末农民起义的主要原因和暴政有关。明末李自成起义和清朝太平天国起义最直接的原因是天灾，但最本质的原因还是土地问题，贫苦农民连年歉收，食不果腹，却还要负担附着在土地上的赋税和苛捐、劳役，不堪忍受之下终于举起了起义的大旗。西汉末年的绿林、赤眉起义，东汉末年的黄巾起义则基本上是因土地引起。两汉时期土地兼并十分严重，穷人几无活路，很多人被迫流亡或成为大官僚、大地主家的“客奴”，过着牛马不如的生活。宋代的几次农民起义，如王小波、李顺、王则、王均及方腊、宋江起义，表面上的原因是因为官吏相逼，背后的原因是因为贫困农民因土地问题而生活无着。

清军入关时曾大肆进行圈地；明朝时就连皇帝也要霸占农民的田产，设立所谓的“皇庄”，元朝时土地兼并最为严重，许多蒙古贵族、僧侣都占有大量的土地，他们成为当时的特权阶层。元朝的寺庙实质上是一种享有特权的经济实体，他们占有大量的土地和劳动力，其土地的主要来源就是皇帝的“赐田”。而皇帝的赐田则来源于对贫苦农民土地的掠夺。元朝统治者骄奢侈靡在后期愈演愈烈，每一位新皇帝即位都会对贵族大臣肆意赏赐，其中最主要的是赏赐土地，每次赏赐土地动辄上千顷，如元顺帝赏赐丞相伯颜的土地一次就达五千顷。

无论是现阶段还是在历史上，对土地的调整关系国计民生，甚至直接关系到王朝的兴衰。战国时期，商鞅变法标志着封建地主土地私有制的确立，商鞅变法规定“废除井田制，以法律形式确立土地私有制，允许土地自由买卖”，土地私有制对中国封建经济的发展，社会经济繁荣起过积极作用，但其闭塞性和自给自足的特点严重阻碍了商品经济的发展，尤其是阻碍了明清时期资本主义萌芽的发展，造成中国社会的长期贫困和落后。始于北魏(孝文帝改革)的封建君主土地所有制均田制，流行于隋唐，且被日本借鉴、吸取，其影响深远。后随着土地兼并的严重，唐玄宗时国家无地可分，均田制崩溃。洪秀全领导的太平天国运动颁布了《天朝田亩制度》，规定以户为单位，不论男女，按人口和年龄平均分配土地。每户留足口粮，其余归圣库。突出反映了农民阶级要求废除封建土地所有制的强烈愿望，是几千年以来农民反封建斗争的结晶，但这种绝对平均分配产品的方案，违背了社会发展规律，是一种空想，根本无法实施。孙中山在“三民主义”中提出平均地权是旧民主主义时代对土地的新变革，全国的土地统一核定全国地价，现有地价归原主所有，革命后因社会进步所增长的地价归国家所有，由国民共享，表明资产阶级已开始注意解决农民的土地问题，从根本上触动封建土地所有制。

“平均地权、耕有其田”是孙中山领导的辛亥革命首要主张和核心内容。孙中山提出的中国以农立国，而全国各阶级所受痛苦，以农民尤甚。国民党之主张，则以为农民之缺乏田地沦为佃户者，国家当给以土地，资其耕作，并为之整顿水利，移植荒徼，以均地力。农民之缺乏资本至于高利借贷以负债终身者，国家为之筹设调剂机关，如农民银行等，供其匮乏，然后农民得享人生应有之乐。

孙中山平均地权思想为当代中国的土地改革政策提供了丰富的思想资源，至今依然具有强大的生命力和鲜活的独特魅力。

中山陵纪念堂

第四节

春风杨柳万千条
六亿神州尽舜尧

中国是传统的农业国家,农民占据中国人口的绝大部分,是所有政治家和革命家必须争取和动员的巨大社会力量,而与农民问题密切联系的则是土地问题。如何解决农民的土地问题贯穿了中国人民百年奋斗的历程。

新民主主义革命和建设时期,在土地所有制上,毛泽东改变了孙中山土地国有的设想,主张农民土地所有制,他指出:“把土地从封建剥削者手里转移到农民手里,把封建的私有财产变为农民的私有财产,使农民从封建的土地关系中获得解放。”由此,确定了农民土地所有制。此后,便逐渐形成了一套切实可行的土地革命路线,这就是:依靠贫农,联合中农,限制富农,打土豪分田地,消灭地主阶级,变封建的土地所有制为农民土地所有制。

在整个新民主主义革命时期,农民土地所有制是毛泽东土地思想的核心。抗日战争时期,为了建立抗日民族统一战线,毛泽东曾提出“共产党愿意停止使用暴力没收地主土地的政策”,实行减租减息的基本土地政策。但在抗日战争结束后至三大改造前,实行农民土地所有制一直是我党农村工作的重心。

在实现农民土地所有制的方法上,毛泽东主张实行土地革命。他发动农民,武装农民,开展武装斗争,实行土地革命,推翻地主政权,建立农民政权,无代价地没收地主的土地分配给农民所有,数千年压在农民头上的封建剥削制度被摧毁，农村的生产力得到了解放，广大农民在政治上和经济上都翻了身。农民土地私有制激发了广大农民的积极性，大大解放了农业生产力，使农业生产得到了恢复和发展。但农民土地私有制并不是毛泽东奋斗的最终目标，汪洋大海般的小农经济必将严重制约农业现代化的发展，而要使中国走上社会主义道路，则必须解决农民土地私有制问题。为了实现由新民主主义向社会主义的转变，毛泽东根据马克思主义的合作制理论，结合中国当时的实际情况，领导中国农民走合作化道路，采取了从互助组、初级社到高级社逐步过渡的形式，引导农民走上了社会主义道路。毛泽东的土地思想也就从主张农民土地所有制变为土地集体所有和统一经营的思想。

土地革命时期实行打土豪、分田地、废除封建剥削和债务，靠贫、联中、限富、保中小、灭地主（1931 年），农民在经济上、政治上翻了身；农民积极参军参战，发展生产。抗战时期实行地主减租减息、农民交租交息的政策，有利于团结农民、地主一致抗日。解放战争时期实行没收地主土地，废除地主土地制度，实行耕者有其田的土地制度，按农村人口平均分配土地，靠贫、联中，有步骤、有分别地消灭封建剥削土地制度。农民分得土地，积极参军、支援前线，成为解放战争胜利的可靠保证。

新中国成立后，彻底废除了数千年的封建剥削土地制度；解放了农村生产力，农民在经济上、政治上翻了身，中国农村发生了翻天覆地的巨变！

本书
李冉在山
寨实景拍

1949 年 9 月，中国人民政治协商会议第一届全体会议通过的，曾经起着临时宪法作用的《共同纲领》明确规定：要有步骤地将封建半封建的土地所有制改变为农民的土地所有制。并规定“凡已实行土地改革的地区，必须保护农民已得的土地的所有权”。

1950 年 6 月 28 日中央人民政府颁布了《土地改革法》，规定“废除地主阶级封建剥削的土地所有制、实行农民的土地所有制”。这场土地改革使三亿多无地或者少地的农民分到了七亿亩耕地，真正实现了农民土地所有制。政府为他们颁发了土地所有权证书，使农民个人成为农村土地的所有者。法律赋予土地所有者享有自由经营、买卖及出租土地的权利。连续两千多年的封建剥削的土地制度被彻底废除，农民翻了身，为新中国农业的发展和工业化开辟了道路。

三大改造时期采取积极发展稳步前进的方针，实行自愿互利的原则，建立农业生产合作社。给人一种世道颠倒的印象。此种民意得不到疏解的话，难免让人要重新理解社会主义的内涵了。1953 年开始对农业的社会主义改造。小农经济难以满足国民经济发展的需要，把土地等农业生产资料由私有制变为社会主义公有制，实行集体经营。进一步提高了农业生产力，为社会主义现代化建设奠定了基础。1958 年人民公社化运动，当时主要领导人主观认为农业合作化的规模越大，公有化程度越高，越能促进经济的发展。提高公有化程度，扩大公有化规模。从 1953 年开始，我国按照“三步走”的计划对农业进行社会主义改造：第一步，按照农民自愿和互利的原则组织几户或十几户的初级农业生产互助组；第二步，组织农民以土地入股和统一经营为特点的小型农业生产合作社；第三步，组织农民联合起来成立具有社会主义性质的大型农业生产合作社。

2014 年 8 月 12 日，本书作者前往大寨途中，在山西省昔阳县人民广场拍摄的目前全国流行的“广场健身舞”情景！

新中国成立到 1953 年统购统销政策实施以前，农民虽获得了土地，但是由于牲畜、生产工具的普遍缺乏，依靠农民的独立的家庭经营，很难完成农业生产的全过程。为了不使农业生产中断，农民进行互助合作，使农业生产互助组这一组织形式得到了迅速地发展。

下图为山西省昔阳县大寨村陈永贵带领社员在“七沟八梁一面坡”的荒山要地，在最长的干沟河用三个冬春治服了一条最大的荒沟！

陈永贵带领社员在滴水成冰、寒风刺骨的数个冬天，以不屈不挠的大无畏精神，吃着“冰碴饭”，唱着壮志歌“三战狼窝掌”！

“农业学大寨”开始成为当时全国农业战线一面光辉的旗帜！

第五节

分田单干承包制 改革春风吹满地

1958年8月的北戴河会议刚结束，人民公社化运动即席卷全国。大跃进和人民公社化运动是在超英赶美的一再提前的高速发展战略指导下发动起来的，“大跃进”和公社化运动开始推向全国。

1978年11月24日晚上，安徽省凤阳县小岗村西头严立华家低矮残破的茅屋里挤满了18位农民。关系全村命运的一次秘密会议此刻正在这里召开。这次会议的直接成果是诞生了一份不到百字的包干保证书。其中最主要

的内容有三条:一是分田到户;二是不再伸手向国家要钱要粮;三是如果干部坐牢,社员保证把他们的小孩养活到 18 岁。在会上,队长严俊昌特别强调,我们分田到户,瞒上不瞒下,不准向任何人透露。1978 年,这个举动是冒天下之大不韪,也是一个勇敢的甚至是伟大的壮举。

家庭联产承包责任制在土地公有制的基础上把土地长期包给各家各户使用,分户经营,自负盈亏。农村土地经营模式自新中国成立至今经历了数个相应的历史阶段,并发展为农村家庭承包经营体制。“耕者有其田”这是第一个阶段。它是以政权的力量将土地的地主所有变为广大农民所有,从而结束了中国两千多年来的封建土地所有制,形成了个体所有个体经营的新的农村土地制度。1979 年农村土地的家庭承包经营制度的全面推行是中国农村土地制度变迁的又一个阶段。该制度使集体土地的所有权与使用权相分离,农民在承包土地的同时上缴一定的物资和税收,农民在承包经营期内有较强的自主性,可以根据自身的实际情况对所种植农作物进行一定的调整。

1980年5月31日，邓小平在一次重要谈话中公开肯定了小岗村“大包干”的做法。当时国务院主管农业的副总理万里和改革开放的总设计师邓小平对这一举动表示的支持传达了一个明确的信息：“农村改革势在必行。邓小平高度重视农业，多次强调，农业是根本，是战略重点，要把解决农业和农村问题放在各项问题之首。中国人口的百分之八十在农村，如果不解决这百分之八十的人的生活问题，社会就不会是安定的。工业的发展，商业的和其他的经济活动，不能建立在百分之八十的人口贫困的基础之上。”“中国经济能不能发展，首先要看农村能不能发展，农民生活是不是好起来。”因而，邓小平在农村的改革中形成了自己独特的土地思想。

1982年1月1日，中国共产党历史上第一个关于农村工作的一号文件正式出台，明确指出包产到户、包干到户都是社会主义集体经济的生产责任制。此后，中国政府不断稳固和完善家庭联产承包责任制，鼓励农民发展多种经营，使广大农村地区迅速摘掉贫困落后的帽子，逐步走上富裕的道路，中国因此创造了令世人瞩目的用世界上7%的土地养活世界上22%人口的奇迹。

第六节

土地流转新探索
新型合作大农业

1986 年 6 月通过的《中华人民共和国土地管理法》,使这一制度更加明确,它规定:“集体所有的土地按照法律规定属于村民集体所有,由村农业生产合作社等农业集体经济组织或村民委员会经营、管理。已经属于乡(镇)农民集体经济组织所有的,可以属于乡(镇)农民集体经济组织所有。村农民集体所有的土地已经分别属于村内两个以上农业集体经济组织所有的,可以属于各该农业集体经济组织的农民集体所有。”这种土地制度并没有从根本上改变土地的集体所有的性质,只是将土地的所有权、经营权分开了。但在当时,对调动农民的积极性、解决农民的温饱问题来说,的确取得了很大的功效。

1984 年中央提出土地承包期 15 年不变,当时许多第一轮承包合同尚未到期,即使是 1984 年签订的合同也要 1999 年才能到期。但中央在 1993 年又提出再延长承包 30 年,并提倡“增人不增地,减人不减地”。2003 年 3 月启动的《中华人民共和国农村土地承包法》也重申了“耕地的承包期为三十年”,在此基础上规定“承包合同生效后,发包方不得因承办人或者负责人的变动而变更或者解除,也不得因集体经济组织的分离或者合并而变更或者解除”。并规定“承包期内,发包方不得收回承包地,不得调整承包地,且不得单方面解除承包合同”。

中央政策的意图完全是基于农民的整体利益考虑。三十年承包期不变的设计者以为这一“定心丸”吃下去后，农民便对家庭联产承包责任制长期不变的信心增强，从而增加投资意愿。然而结果并非制度设计者所预料的那样，农民依然没有增加投资，很多农民依然生活在贫困线以下，农民的生存状况并没有得到大的改善。农民不肯投资的原因非常简单，认为种田太不划算，与承包期的长短没有太大的关系，中央三令五申要为农民减负，取消农业税的呼声也越来越高，“减负”确实在一些地方得到了实现，许多农民每年几十元。但是，农民们依然贫困，全国依然有那么多的贫困村、贫困县，每年依然有越来越汹涌的“民工潮”。如果政府不能从根本上、从制度层面上解决种田不赚钱的现实问题，解决农民的贫困问题，光依靠延长土地承包期是不管用的。

家庭承包责任制对土地使用权的划分，使农民对所承包的土地产生了恋土情结，农民不仅把集体所有的土地作为解决生活资料的来源，而且当作应付从事不稳定的非农产业带来的风险的一种手段。

我们这么大一个国家，两千多年的土地私有制形成了自给自足的传统农业大国,但也在世界变革的大潮中曾经错失工业革命的兴起；人民公社运动是对人与土地关系的大型试验,把集体力量几乎发挥到极致,但过度的大锅饭和平均主义压抑了人的自然属性；分田单干家庭承包补上了休养生息藏富于民这一课,把面朝黄土背朝天的农民从世代耕种的土地上解放出来,推向了自由竞争的大市场,农民无奈地选择撂荒,远走他乡,进城打工,造成了农业的弱化地位；到底需要什么样的方式让什么样的农民在有限的土地上耕作,中国“三农”人地关系的探索仍然在进行中……

自实行家庭承包责任制以来，我国农村土地基本上按现有人口平均分配,把整块土地分割成许多小块分户经营,田埂、沟堰占了不少耕地。由于耕地面积狭小,农民还在沿用传统手工劳动工具,机械化大生产既不合算,也不可能,生产效益低下。这既不利于农业生产规模的扩大,也不利于分工的发展,更不利于农业技术的进步。超小规模的家庭经营使中国农村经济带有浓厚的小农经济色彩，使我国农业生产长期滞留在半自给自足的自然经济阶段,导致农产品成本过高,缺乏市场竞争力,经济效率低下,中国农业也将由于自身的低效率而受到强烈冲击,农业发展将面临更大的挑战。

2004 年,国务院颁布《关于深化改革严格土地管理的决定》,其中关于“农民集体所有建设用地使用权可以依法流转”的规定,强调“在符合规划的前提下,村庄、集镇、建制镇中的农民集体所有建设用地使用权可以依法流转”。农业用地在土地承包期限内,可以通过转包、转让、入股、合作、租赁、互换等方式出让经营权,鼓励农民将承包的土地向专业大户、合作农场和农业园区流转,发展农业规模经营。集体建设用地可通过土地使用权的合作、入股、联营、转换等方式进行流转,鼓励集体建设用地向城镇和工业园区集中。其要点是:在不改变家庭承包经营基本制度的基础上,把股份制引入土地制度建设,建立以土地为主要内容的农村股份合作制,把农民承包的土地从实物形态变为价值形态,让一部分农民获得股权后安心从事二、三产业;另一部分农民可以扩大土地经营规模,实现农业由传统向现代转型。

土地流转的决定将是自实行土地的家庭联产承包经营制以来乡村财产制度的一次重大变革，对农村经济、乡村治理都将产生重大影响。而之所以提出土地流转的变革，也是缘于农村现实状况。在城市化的推动下，大批农民进城变身为农民工，导致农村大片土地撂荒，危及粮食安全。先前的家庭联产承包制，多是以家庭为单位小块经营，缺乏规模化、集约化经营，导致效率低下，农业产出低。城乡二元体制束缚了农村的发展，一边是城市化的一路高歌猛进，另一边却是农村经济发展的停滞不前，导致城乡差距越来越大。基于此，中央希望以土地流转的形式作为农村改革的突破口，放宽农民对承包土地的转让权、出租权、入股权及抵押权，农民可用土地向金融机构融资贷款，更可以把零散的土地合并，扩大经营规模，提升农业产出。这样农民即可在拥有土地使用权的基础上，享有土地增值的最大利益，从根本上提升农民的收入。

土地改革就是要赋予农民土地经营权、使用权以及转让权，一方面提高农民种粮的积极性，另一方面还要让农民能从土地上获得更多利益。只要土地能合法地流转，农民无论是承包大块土地规模化经营，还是以土地入股获取分红，又或者以土地为抵押获得创业贷款，都将直接为其创造利润，从而

提高收入。当然，鉴于中国以前土地流转的利益分配格局，要保证农民获利就必须要确保农民的主体地位，即要让农民真正当家做主地支配自己的土地，而不能任由强大的资本巧取豪夺农民的土地。所以，必须充分重视土地改革的风险性，允许土地流转，会不会导致“失地农民”增多以及会不会出现农民经营不善而成为“破产农民”等问题都需要严格的规定加以限制。我国农业发展从传统农业向现代农业转型走向新型合作大农业是一个新课题，实行农业生产经营方式大农业合作，真正到了由传统小农生产向社会化大生产加快转变的新阶段。

土地流转适合农村发展变化，但是，也不能“转错了方向”。如今很多地方的农民的宅基地也好、承包地也好，很多被廉价地征用了，农民无奈地“被上楼”、“被城市化”，彻底毁掉了农民与土地的依存关系。当下很多地方出现的强征强拆甚至“打百姓抢田地”，更需要我们深思！

农民集体或农民个人的土地权益得不到应有的保护，尤其表现在土地征收征用上。一些地方政府和房地产开发商利用制度的缺陷，在“发展经济”、“经营城市”、“经营土地”、“加速城镇化发展”等幌子下疯狂地“圈地”，以此建立政府“第二财政”或获取巨额利润。这一切都是以牺牲农民利益为代价，造成大量农民失地又失业，严重影响了社会的稳定与发展。

农业、农村和农民问题仍然是中国社会问题的重中之重，合理解决好农民和土地的关系问题，才能使具有中国特色的大农业早日形成。

第七节

国运昌盛民为本
高天厚土济苍生

人民公社解体后，实行分田单干的家庭联产承包责任制，农民的生活、生产和生存环境有了很大的改善。但是，中国农村的改革发展，现在又处于重要阶段。

农民在想什么？
农村到底缺什么？
农民进一步的需要和选择是什么？

在这一系列问题中，农民对于土地制度的需要，是农村发展的关键性问题。长期以来，我们百分之七八十的农村劳动力被束缚在土地上，农村每人只有一两亩地。多数人连温饱都谈不上。守土如此艰难，为了生存，许多农民选择了离土。从农民进城打工到农村田地的日益荒芜可以看出，现在的农民问题不仅是土地问题，甚至主要不是土地问题。最显著的事情是，农民进城，农村主要劳动力向非农业领域转移，这个过程农民遇到的是就业问题。这个时候，农民的抗争可以说大部分与土地无关。农民离开土地以后，直接的诉求目标是自由流动的权利，是平等就业的权利，是对于统一开放的劳动力市场的诉求。也就是说，我们已经不适合仅仅用土地问题来概括农民问题。但是，不管出现什么样的新变化和新问题，以民为本是一个关系国运昌盛的基本大政，更是一个永远不可放弃的真理。

当前中国的农村改革，农民还面临如何享受社会福利政策的权利。在当前中国的社会条件下，社会发展中的所有问题可以说都有农民问题，或者说，哪个领域有农民，哪个领域就有农民问题。这所有的问题归结为一点，是农民的权利问题。进一步说，在这个社会的任何一个角落，只要农民的权利在制度安排上还有缺失疏漏，农民的权利还得不到平等体现，就必然有农民问题。随着城市化进程的推进，失地农民会越来越多。

民生连着民心，民心关系凝聚力。

民生问题，民心所向，国运所系！

我国有9亿农民，失地农民问题不容忽视。政府必须想失地农民所想，急失地农民所急，办失地农民所需，把失地农民的生计问题当作一项稳定、富民的政治问题来抓，制定详细的失地农民社会保障制度，以使失地农民“老有所养、壮有业就、少有所学、病有所医”。

但是，近年来，围绕征地发生的冲突时有报道，问题的关键在于没有尊重农民的土地财产权，在于农民的土地财产权的缺失。要保护好农民土地财产权，首先要解决好所有权、承包权和经营权的三权分离问题，这样才能更好地使农民土地财产权中的处分权得到较有效的落实。征地过程不仅要允许群众对土地征用合法性提出质疑，更重要的是要耐心倾听群众维护自己权益的呼声，切实维护农民群众的土地财产权益，绝不让农民群众在此过程中利益受损、吃亏，绝不允许侵害、践踏农民合法权益和生命尊严。

地方政府在征收农民土地的时候，总是冠以“公益建设”的名义，地方政府说了算，农民并无发言权。即便承认是商业性开发，要考虑市场因素，这种考虑仍然由征地者单方决定，没有地权的农民依然不能讨价还价。在如今的体制下，只要是官员单方定价，没有双方合意，就容易生弊。价贱固然伤农；价贵一般农民也未必得利。如今由于房地产市场的暴利成为“圈地运动”的主要原因。以“国家建设需要”和“公益建设”的理由进行的农村征地也出现了很多暗箱操作，商人贿赂或有权势的官商唆使批地官员低价批地，必然是一坑国家二坑农民，只有开发商与经手官员个人大发横财。某些城郊地区有上层“关系”的村官找门路要求“被征地”，前提当然是特殊的“高价”，这就不是权钱勾结来强征地，而是权钱勾结谋求“被征地”了。但这样的“高价征地”，普通农民是碰不到的，高价征地款更不会给他们。

总之，只要无地权的农民不是交易的一方而是被“征”的对象，那“圈地坑农”的事仍然难以避免。

“圈地运动”所导致的悲剧能否避免？当前，随意征收占用农民土地，补偿费过低，且被层层截留，是侵害农民土地权益的一个最突出的问题，也是引发群众集体越级上访的一个重要因素。有的地方甚至把农民的土地作为生财之道，把农民的“命根子”变成开发商的“钱袋子”。众好之，必察焉；众恶之，必察焉。这些问题充分暴露了我国征地制度目前存在的缺陷。

土地是农民的“命根子”。随着城市化进程的推进，失地农民会越来越多。我国有 9 亿农民，失地农民问题不容忽视。

政之所兴在顺民心，政之所废在逆民心。解决土地问题的关键是“以民为本”，民者，万世之本也。

大地在我们的脚下，但我们万不可自以为是大地的主人而妄为。就如虽然船在上面，水在下面，然而水仍是主人翁！我们已经摆脱了原始野蛮的篝火，土地解决了我们的温饱问题，同时也给了人们群体繁衍的希望！

仰望苍天，再呐喊一声：

厚土在上，受我一拜！

西安大明宫遗址

梅竹呈祥
天賜百福

第四章

中华粮仓

手中有粮，心中不慌。

历史经验告诉我们，一旦发生大饥荒，有钱也没用。解决 13 亿人吃饭问题，要坚持立足国内。

保障粮食安全对中国来说是永恒的课题，任何时候都不能放松。食品安全已成为衡量人民生活质量、社会管理水平和国家法制建设的一个重要方面。食品安全与人民生命财产息息相关。

中国是世界上人口最多、粮食消费量最大的国家。粮食问题关系到老百姓的吃饭问题，如果粮食出现问题那就是事关中国人的“安全问题”。

山西大寨

第一节

神农氏遍尝百草
种五谷恩惠黎民

神农氏是五氏出现的最后一位神祇,中国古代神话人物。他出现以后,结束了一个时代。因以农业为主,他的部落称神农部落。中华大地经过三皇的辛勤努力,改造自然有了很大的进步,但人们的生活依然艰难。这时,伟大的各种神祇人物,应运而生。就在三皇之后,又经过漫长的若干年代,出现了五氏:有巢氏;燧人氏;伏羲氏;女娲氏;神农氏。五氏的“氏”的原意也是神祇,但神性比“皇”更少些,可列入第三个级别神祇。

传说神农氏的肚皮是透明的,可以看见各种植物在肚子里的反应。这样能分辨出什么植物可以吃,什么植物不可以吃。神农氏亲尝百草,以辨别药物作用,并以此撰写了人类最早的著作《神农本草经》,教人种植五谷、豢养家畜,促使中国农业社会结构完整。

神农氏生于姜水(今宝鸡境内),葬于“茶乡之尾”(今湖南省株洲市炎陵县鹿原镇)。本为姜水流域姜姓部落首领,后发明农具以木制耒,教民稼穑饲

宝鸡农田

养、制陶纺织及使用火，因功绩显赫，以火德称氏，故为炎帝，尊号神农，并被后世尊为中国农业之神。

上古时候，五谷和杂草长在一起，药物和百花开在一起，哪些植物可以吃，哪些草药可以治病，谁也分不清。黎民百姓靠打猎过日子，天上的飞禽越打越少，地下的走兽越打越稀，人们就只好饿肚子。谁要生疮害病，无医无药，不死也要脱层皮啊！老百姓的疾苦，神农氏瞧在眼里，疼在心头。怎样给百姓充饥？怎样为百姓治病？神农氏苦思冥想了三天三夜，终于想出了一个办法。《拾遗记》记载，一天，一只周身通红的鸟儿，衔着一颗五彩九穗谷，飞在天空，掠过神农氏的头顶时，九穗谷掉在地上，神农氏见了，拾起来埋在了土壤里，后来竟长成一片。他把谷穗在手里揉搓后放在嘴里，感到很好吃。于是他教人砍倒树木，割掉野草，用斧头、锄头、耒耜等生产工具，开垦土地，种起了谷子。神农氏从这里得到启发：谷子可年年种植，源源不断，若能有更多的草木之实选为人用，多多种植，大家的吃饭问题不就解决了吗？那时，五谷和杂草长在一起，草药和百花开在一起，哪些可以吃，哪些不可以吃，谁也分不清。神农氏就一样一样地尝，一样一样地试种，最后从中筛选出稻、黍、稷、麦、菽五谷，所以后人尊他为“五谷爷”、“农皇爷”。

后人为了纪念神农氏尝百草、种五谷的伟大功绩，在高台上修建了庙宇。传说神农氏生于农历正月初五，所以每年的正月初五到正月二十便形成了祭祀，祈求五谷丰登。

第二节

五谷丰登太平秋
粮安天下国运盛

在北京市宣武区永定门内大街西侧有一座先农坛，始建于明永乐十八年(1420 年),是明清两代皇帝祭祀先农诸神及举行藉田典礼的场所。祭祀先农和亲耕的传统,可以追溯到周朝,明清两代成为国家重要的祭祀典礼。为了动员人们赶快投入春耕生产,别误农时,明、清时期的帝王每年二月二都要象征性地率百官出宫,到农田去耕地。头戴王冠、身穿龙袍的皇帝正手扶犁耙耕田,身后跟着一位大臣,一手提着竹篮,一手在撒种,牵牛的是一位身穿长袍的七品县官,远处是挑篮送饭的皇后和宫女。“二月二,龙抬头,天子耕地臣赶牛,正宫娘娘来送饭,当朝大臣把种丢,春耕夏耘率天下,五谷丰登太平秋。”每年仲春亥日皇帝率百官到先农坛祭祀先农诸神并亲耕(称为藉

田礼）。在先农神坛祭拜过先农诸神后，在俱服殿更换亲耕礼服，随后到亲耕田举行亲耕礼。亲耕礼毕后，在观耕台观看王公大臣耕作。

从刀耕火种的原始先农到皇帝亲耕，中国传统的翻耕耕作方式延续了几千年。作为炎黄子孙，今天我们所依赖的资源环境条件已经发生了根本性的变化，粮食已成为我们生活的必需品。由于粮食生产是人与自然合作的事情，严重受制于自然资源环境条件的影响，获得极为不易，因而古代先哲们都把粮食看得十分重要。孔子认为："足食、足兵、民信之矣。"即把粮食充足作为国家立足之基础。管子认为："国多贤则远者来，地僻举则民留处，仓廪实则知礼节，衣食足则知荣辱"，阐明了粮食与社会文明的关系。伟大诗人白居易认为，"自古国之宝，米谷与贤才"。

中国是一个古老而文明的农业大国,粮食一直被推崇为宝中之宝。古代有句名话叫作“国家大本,食足为先”。其实,粮食问题关系国计民生,是古今中外无不关注的大事。当然,解决粮食问题除了要解决广种多收之外,更重要的是解决粮食储备问题。中国粮食储备的历史十分悠久。远在夏朝之时,仓储制度就已正式成为国家的一项重要财政制度,此后的各朝各代也无不把储粮问题摆在治国安邦的重要位置。储粮可以说是中国古代帝王的战略思想之一。帝王们都懂得“广积粮”的要害所在,都明白储粮起着“平抑粮价,调控市场;赈灾备荒,安民固本;供养军队,备战应战”的作用。

“深挖洞,广积粮,高筑墙,缓称王”,就是当年刘邦实力不够强大时的十二字方针。“深挖洞,广积粮,高筑墙”则是朱元璋的九字方针。他们无不懂得“广积粮”的重大意义所在。元末时天下大乱,群雄并起,人人皆在争夺天下,朱元璋之所以能取得最后的胜利,与“深挖洞,广积粮,高筑墙”的九字箴言是有一定关系的。

中国古代的帝王当时虽然没有“经济基础决定上层建筑”的思想理论做指导,但是却也知道“广积粮”,也就是要拥有充分的给养,要有经济实力做

支撑；朱元璋这个贫民皇帝，虽文化不多，他也懂得这个利害关系，也懂得“兵马未动，粮草先行”，粮食储备是战争最重要的物资保障，也是国家实现统一大业的先决条件这样的道理，于是通过特派官员来负责水利和屯田，以及推行盐法等手段来想方设法广积粮，来充实自己的经济基础。

在中国古代，不仅只有朱元璋和刘邦这两位君主懂得储粮的重要性，历代王朝的统治者都十分重视中央仓储的建设，而且也十分注重地方政府储粮。譬如汉代时，汉高祖七年，即公元前 200 年开始营建新都长安，首批重点建设工程就包括了太仓。除太仓外，中央直接管理的粮仓还有位于甘泉的甘泉仓、华县的华仓、左缴附近的细柳仓和嘉仓等。

历代王朝除狠抓皇粮国赋入库外，还积极拓展其他的筹粮渠道。例如宋代，不同类型的仓廪有不同的粮食来源。正仓亦称官仓，其粮食来源主要是皇粮国赋；各州、县的义仓，主要是从官收的春秋二税中，每石另收一斗储仓；常平仓的储谷主要是每年夏秋两季以略高于市价收购，其本钱由国家财政统筹拨付；广惠仓的仓米来源是官府对无人耕种的绝户田募人耕种所收的租谷；社仓主要为官府提供谷本，收“息米”，同时也通过劝捐和劝借的方式，面向富民，筹措谷本。

但历代封建王朝的仓储制度中均存在较多的问题，主要表现为仓吏腐败，亏空严重；储备不足，调控乏力。为解决这些问题，封建王朝十分重视加强仓储管理。一般说来，中央财政最高行政长官是全国仓储的最高主管，其下另设专门的“仓官”负责仓储事宜。如明代，户部掌管全国钱粮，各省由布政司分理，无论京库钱粮支用还是地方存留与上缴，都须遵循户部的细则定例，并接受户部的审核。对不同类型的仓储，采取不同的管理形式。如常平仓等官仓，主要由各级政府机构管理，而义仓、社仓、预备仓等民间仓储，则在官府的指导下，主要由民间绅士自行管理。官府制定较严密的管理条规，例如，秦代有专门的《仓律》，规定严格；西汉设有专门的会计簿册，详细记录仓储谷物的数量、品种、出入、经手人、核验等，上级官吏会经常检查；加大惩罚的力度，譬如清代雍正元年至三年，即公元1723—1725年期间，雍正连续发出有关清查钱粮亏空的上谕三十余道，并派朝廷官员协助清查地方钱粮亏空。在清查过程中，雍正皇帝下谕：即便涉及高官与贵族，也绝不宽贷。对被参贪赃的官员，一是抄家，二是罢官，严重者处以极刑。

目前，南新仓已成全国仅有、北京现存规模最大、现状保存最为完好的皇家仓廒和见证京都史、漕运史、仓储史仅存的历史实物，对于研究中国的粮食问题具有极高的文物价值。

在北京，我经常到位于东四十条22号的院落去散步，门口立有石碑，上写“南新仓”，南新仓为明、清两代京都储藏粮米的皇家粮仓之一。它于明永乐七年（1409年）在元代北太仓的基础上扩建，至今600年历史。明成祖朱棣迁都北京时，城市发展迅速，粮食需求日益增长，但北方粮食产量不足，急需将南粮北运。永乐九年（1411年），征调30万民工疏通元代的河道，开展漕运，使江南粮食得以源源不断运至北方，为此，后来在通州及北京逐步修建了包括南新仓在内的许多粮仓。清代仍实行南粮北运，官家仓廒仍盛。每院仓房主要建筑有：廒座、龙门、官厅、监督值班所、官役值班所、科房、大堂、更房、警钟楼、激桶库、太仓殿、水井、辕门、仓神庙和土地祠等，而保存至今的只有部分廒座。

南新仓，俗称东门仓，于明永乐七年（1409年）在元代北太仓旧基上起建而成，原贮米、黑豆饲料等。清初时南新仓为30廒，后屡有增建，到乾隆时，已增至76廒。清乾隆中期以后，国家财政困难，清晚期又因贪污之风盛行，贮粮日益减少。到道光年间，该仓贮粮比清初大幅度减少。民国时，该仓改为军火库。由于近十数年新建频仍，又拆了几座仓，现剩9廒。南新仓的廒房，清沿明制，有一座一廒者，有一座二廒联排者。以每仓廒一览五间为一廒，每廒面阔约24米，进深约17米，高约7米。建筑屋顶采用悬山形式，合瓦屋面上施瓦条脊，两端原有蝎子尾，现残缺不全。屋顶前后出檐椽，不用飞子，于前坡出宽4.4米、进深2米的悬山披檐廒门，并于廒顶中心位置开气楼（天窗）一座。廒底砌砖，其上铺木板，板下架空以防潮。廒房用五花山墙，墙体用

“黑城砖”，以糙淌白砌法成造，仅于各开间中开小方窗。墙体厚重，以达到保温要求，其底部厚达1.5米，顶部约1米，收分显著。仓房结构为五间七架椽屋，内用金柱八根，中三架梁，前后双步梁。建筑的屋顶、墙身做法和构架形式与明何士晋撰《工部厂库须知》卷四中“鼎新仓厂”中的记载基本一致。

南新仓作为历史的产物，有其悠久的历史渊源。在古代，粮食的贮藏和运输有着非常密切的联系。特别是自元代开始，修浚南北大运河，在京都大规模地构建粮仓，把江南的漕米、物资大量运往京城的各个仓廒，并妥善贮存、管理使用，不仅成为当时统治阶级巩固政权，确保资源供给的主要形式，而且成为其后明、清两代王朝维系京师民生大计的关键。南新仓就是在那样的历史条件下产生、发展、壮大的，直至今天，它依然顽强地守望在昔日皇城之东沿。

随着元朝的强盛，国都南移到元大都后，当时的情况是“百司庶府之繁，卫士编民之众，无不仰给于江南”。而与元大都城市的扩大，人口的增多极不协调的是，粮食的供应难以保障。这是因为在元朝之前，始建于隋朝的南北大运河的主要干线是呈东西方向的，所有南北方向的运河基本上都是用来辅助东西主干线的。但运河的这种东西走向却给南粮北运的元初漕运带来了很大的麻烦。因此，开凿纵贯南北的大运河势在必行。

公元 1275 年，元代著名水利专家郭守敬沿江淮至大都各处访问视察，决定把隋、唐时代弓形的运河走势“截弯取直”，不再绕道河南，而直接从淮北穿过山东，进入华北平原，最后到达通州。由于南北大运河的北端只到通州，所以南方及沿岸各地粮食物产由水路运到通州后卸船，再由人力畜力运到元大都城，全长 50 里，十分艰苦。1292 年，郭守敬主持开凿了从元大都到通州的运河，翌年竣工。建设中，他沿河建造了 24 座水闸，通过上下闸的相互启闭来调节水位，解决了北京地区地势西北高东南低的难题，从而使货船可以由低向高行驶，直达积水潭码头。元世祖忽必烈亲赐这条河为“通惠河”。

通惠河的开浚，也大大促进了京城仓储事业的发展。以前供应京师的较大粮仓大多建在距离北京 50 余里的通州。通惠河开浚后，京城中陆续建起了一批规模宏大的粮仓。50 年代，雍和宫西侧出土了元代“京畿都漕运使王德常去思碑”。碑记：至正十五年（1355 年）京师有 54 仓，储粮达百万石。元代粮仓大部分靠近城东部，以其地临东护城河，船只运输、装卸方便。南新仓的前身——北太仓就是当时京城粮仓中的一个。元代将粮仓大部分建在城的东部，除基于地理方面的考虑，即依水而建外。还充分考虑到：粮仓必须有较高的地势，这样才能在雨季来临时使粮食不致浸水；粮仓所处的位置必须通风透气，阳光充足，才能防粮食因潮湿而霉变。由此进一步印证了东城为“风水”绝佳之所。

明代运河的路线和元代一样，北自大都，南迄杭州，全长三千余里。它在元大都城基础上重新进行规划、改造，将通惠河（又称玉河），南北向一段河道圈入东皇城墙之内，从此，运粮船不能进城，只能停泊在通州张家湾。卸下的粮食再由陆路从朝阳门（古称齐化门）进城。在古代，北京的城门，除了一

般的通行启闭作用之外,都有它特殊的功能。在朝阳门门洞北侧墙上,镶嵌着一块石板,上面刻着谷穗,所以,朝阳门又有运粮门之称。

明永乐时,北京已发展成为极为繁华的都市。北运的漕粮常常近四百万石,数倍于元代。元朝建立的粮仓已远远不能满足京师储粮的需要,于是,明朝开始在元仓的基础上大规模增建粮仓, 并于明正统三年在东城裱褙胡同设立总督仓场公署。南新仓就是在这个时期修建而成的。南新仓建于永乐七年(1409 年),是在元代北太仓的基础上建立起来的。明代北京设军卫,专司守卫仓储军粮,只供军需,纳入官仓(即中心仓)统一管理。南新仓为中心仓,管辖 8 个卫仓,分别是府军卫仓、燕山左卫仓、彭城卫仓、龙骧卫仓、龙虎卫仓、永清卫仓、今吾左卫仓、济州卫仓等,这些卫仓均归属南新仓统一调配。明朝, 京师共有包括南新仓在内的 7 座官仓, 它们均集中在东城朝阳门附近。北侧有海运仓、北新仓;中部有南新仓、旧太仓、兴平仓和富新仓;南侧有禄米仓。它们共同担负着京师储粮的重任,在南粮北运的过程中起着非常重要的作用。

清代的京仓都是在元、明旧物上改造而成的。清初，共计有 8 京仓，南新仓为其中的一个。自元朝定都北京之后，经北运河运至北京的漕粮都是经过通州枢纽，然后转入通惠河抵达京师。（元与明清两代在运输形式上略有不同。元朝除漕船北运之外，另有海运。而明、清时期则专事漕运。）所以，自元代就开始在京师内外和通州两地分设仓群，习惯上称京、通二仓，实际上都是京师太仓的一部分。到清代乾隆年间，京仓在明代 7 座官仓的基础上，又扩建了万安仓、太平仓、裕丰仓、储济仓、本裕仓和丰益仓 6 座仓，数量上达到 13 座，被称为“京师十三仓”。而通州还有中、西 2 座仓。因此京、通二仓的总和达到了 15 仓。清代的京、通二仓是封建社会京师太仓制度最为成熟的典型，在规模上、技术上和制度上都达到了顶峰。清中叶以后，政治腐败，财政陷入极度困难。贪污之风盛行，贮量日益减少，至道光年间，南新仓储量比清初少了许多。岁月流逝，随着社会的发展，漕运制度也在不断地变化。到清光绪三十一年（1905 年）漕运制度彻底废止，由征粮改为征银。京城和通州的官仓也就逐渐闲起来或改作他用。民国时期，曾改为贮藏军火。

在古代，仓是总称，廒是贮粮库房。明朝时期南新仓的仓廒，在构造上，以廒为贮藏单位，每 3 间为一廒，后改为一廒 5 间。廒门挂匾额，标明某卫某号。每廒面阔约23.8米，进深为17.6米，高约7.5米，前后出檐。由于是京师储粮重地，在外观上，南新仓与城墙一样按军事标准建造，全部用大城砖砌成，保证其坚固耐用。

清代京通仓廒的建筑十分讲究，其技术较之元、明有较大改进。首先，为了防止水淹，每座仓廒所选地址都比较高，四周筑有高大围墙，地下修有排水管道。其次，为了防潮，每座仓廒的地基都是三合土夯筑的，然后均匀铺撒一层白灰，再用砖铺作地面，上加楞木，铺满松板；墙壁有护墙板，门有门罩。再次，为了通风以透泻汗蒸郁热之气，每座仓廒除有气楼、闸板外，还“用竹气通高出米顶之上”。并用竹篾编成隔孔，钉于窗上以防鸟。最后，廒的墙体很厚，底部厚约1.5米，顶部约为1米，墙体收分很大，建造如此之厚的墙体，可以使粮仓内部保持相对的恒温。以上的建筑方法和措施，既防潮又保证通风，使仓粮历久不坏。为了储存最大量的粮食，南新仓在构造上最大的特点就是仓廒的空间容量极为可观，按仓最少储粮100万石的储量来计算，南新仓可储存近1亿斤的粮谷。如果折成基本储量为10吨的集装箱的话，南新仓的总储藏量就相当于5000个左右的集装箱。从南新仓的历史可以看出，南新仓是元、明、清时期南粮北运的产物，是南粮济京的重要代表性建筑，也是中国古代南北方生活资料调剂的见证；同时，它又是南北大运河的终点所在，对研究我国的粮食问题有着重大价值。

中国古代大凡有雄才大略的帝王无不把粮食问题看作永保江山、长延帝业的重要治国方针，因此才有大汉帝国四百年的社稷，才有唐太宗执政时的贞观之治，才有大明王朝近三百年的江山，才有清朝上半叶的康乾盛世。

从古至今，中国因资源紧缺而面临的生存压力一直是非常大，这尤其体现在粮食问题上，中国的改朝换代与粮食问题有很大的关系。

第三节

仓廪实则知礼节 衣食足则知荣辱

中国历史上,每次改朝换代的结果之一就是人口的大量死亡,土地大量荒芜。而在新的朝代统治稳定后,国内战乱结束,人民安定下来从事生产,大家都有土地耕种,就会是一个相对稳定的时期。土地充裕,在农耕时代意味着生产力的解放,因此在王朝初期很快就可以看到生产大发展的景象,国力重新变得强盛。

随着时间的流逝,人口慢慢繁衍,充裕的土地变得紧张,人们不得不开垦更多的耕地,当耕地不能随着人口的增加再增加时,人均耕地面积就开始

不论朝代如何更迭,老百姓的衣食问题是第一要务,且不论当政者是谁,只要能让老百姓丰衣足食,老百姓就会拥护,反之,如果连老百姓的温饱问题都解决不了,那不论当政者有何"新政"也都是空谈,因为老百姓的要求并不高,一碗饭的要求从古至今都是最基本的要求。只要能让老百姓食足安乐,民众就会把当政者奉为圣主或者神明。

本书作者李冉在西安拍摄的大明宫遗址。

大大减少了，口粮也逐渐变得紧张，再发展下去粮食变得严重不够吃，社会就产生了严重的分化和残酷的竞争。地主的压榨越来越凶残，贫困的雇农甚至失去结婚生子的权利，而如果地主的土地没有足够的增量，后代增加把土地瓜分后，地主也就成了贫民，这样的剧本周而复始地上演着。

相传在远古时候，天崩地裂，火山爆发，洪水浩浩，猛兽扑食难民，巨鹰抓走小孩，百姓处于水深火热之中。被称为人类始祖的女娲氏焦虑不安，她采来五色石，日夜冶炼，熬过了七七四十九个日夜，于正月二十五这天，终于把破裂的天空修补成功。她又斩断巨龟的四条腿，用来支撑天的四方，并且杀死猛兽，治退洪水，使百姓安居乐业。为了纪念女娲，百姓在填仓节这天就吃烙饼，并且把半熟的一张扔到房上，表示对她神力和劳动的祝贺。

另一个传说也挺有意思。很多年前，连年大旱，河底干裂，地里颗粒无收，可是朝廷照旧催税收租，恶霸老财乘机横行。老百姓民不聊生，怨声载道，饿殍遍地。有一个叫田仓的管皇家粮库的官，看在眼里疼在心上，面对百姓悲惨的生活，发了怜悯之心，他擅自开仓放粮救济百姓。人们取得了救命的粮食，欢天喜地，口口声声感谢田仓。皇上派人来要拿他问罪，他放火烧了粮库，自己也投入火中。为了纪念田仓，就将正月二十五这天定为填仓节了。

两个填仓的传说不一，但都表达了人民对拯救他们于水深火热之中的英雄的思念和缅怀之情。正月二十五日为“填仓节”，又叫“天仓节”。它是象征“大囤满，小囤流，五谷丰登”的节日。按习俗，这天家家户户吃小米干饭，喝杂面汤。民间有“天仓，天仓，小米干饭杂面汤”顺口溜。为什么吃小米干饭、喝杂面汤呢？相传：古代有个皇帝叫“履癸”，贪得无厌，税重如山，每年征集许多粮食，建筑了一个大粮仓，派粮官日夜看守。“履癸”六年，老天

民间小吃——水煎包

沾化地方小吃——锅子饼

爷一连三年滴雨未下，土地干旱，裂缝宽尺余，农家颗粒不收，民不聊生，饥殍遍野。粮官是个忠厚老实人，他不忍心种粮的人一个个活活饿死，便把粮仓四门打开，任饥民随意装进口袋往家里扛。这样救了许多濒临死亡线的黎民百姓。粮仓是皇家粮仓，他是吃皇粮的守仓人，开仓济贫救了百姓，可他怎么向皇帝交差呢？于是，放火烧仓，他也葬身于火海。为了纪念这位不知姓名的粮官，并盼望风调雨顺，连年丰收，寄托人们的深情厚谊，把这天叫“填仓节”，填仓佳话世世代代流传至今。每逢“填仓节”这天，各家各户早早起床，筛些草木灰，放在簸箕里，一手端簸箕一手持木棍敲打，灰随簸箕撒出，在院子里画一个个灰圈，再画个十字图形。之后每个格里撒数粒麦子、高粱、豆子、谷子等杂粮，用砖压住。十字的中心放些杂面条。一家人吃完早饭后，将压粮的砖拿去，让鸡啄粮，让狗舔食杂面条寓意是粮满仓，人们不愁吃愁穿，鸡狗也有食。用灰画图称“打仓”即修仓。杂面谐音五谷杂粮。天长日久，有的人把所画的仓装饰一番，如加个花边，画“吉祥如意”、“五谷丰收”、“连年有余”等，更有在所画的仓边画个梯子，以示粮仓高大。

在山东省沾化县有一种小吃叫锅子饼，非常好吃，远近闻名。这种用薄饼卷“盒子菜”的小吃起源于老百姓对仓神的纪念。仓神的原型是仓星，《晋书·天文志》云：天仓六星，在娄南，谷所藏也。后来仓神被人格化，也与历史人物附会，如韩信即被附会为仓神。填仓节主要盛行于农村，对于城市来说，则以粮商等与粮食有关的行业过节为主。此日，粮仓祭祀仓神，大放鞭炮，企求吉祥与生意兴隆。老百姓虽不致祭，但都要买些米面、煤炭来充实自家的生活储备。《帝京岁时纪胜》载：“当此新正节过，仓廪为虚，应复置而实之，故名其日曰填仓。”此外，全家人还要吃“犒劳”，诸如薄饼卷“盒子菜”之类，亦谓之“填仓”。并喝鱼汤，取年年有余之意。农村的填仓节活动则要丰富，主要有填仓、打囤之俗。民间以簸箕盛锅底草木灰，以木棒敲打使其撒漏，在院内、屋内地上画出仓囤和梯子形，讲究的人家还要撒画出扫帚甚至扇车等图案。里面摆放一些五谷杂粮、铜钱之类，用砖石将粮食盖住，称为压仓。再将鞭炮点燃，在圈内爆响，取意粮食爆满粮仓，祈祷仓神保佑一年财粮丰饶，生活富裕美满。

填仓节源自农业生产，以祈祷风调雨顺、五谷丰登为主题按照传统风俗，家家皆可进行。也可以利用谷场等场地，全村男女老少在一起，搞集体的填仓、打囤。祈祷风调雨顺，五谷丰登。找填仓虫，贴纸葫芦。立春时节，已经可以找到一些复苏的小虫了。让孩子打着灯笼找，是有益有趣的活动。

在黄河三角洲地区的滨州市农村，每年的正月十五元宵节，农村的孩子也有一个“抓粮食”的习俗。正月十五的晚上，村里的小孩三三两两地提着灯笼去村外的路口，把灯笼放在地上，就地打个滚，然后用手在路边抓上一把土，起身后，提上灯笼一头不回地往家跑，在家里昏暗的煤油灯下，展开手中的泥土，看看有没有粮食，如果有麦子或者玉米、豆子等粮食粒子，就预示今年大丰收，家中的大人也跟着高兴一番，总会拿出几块糖犒劳在村口路边打滚“抓粮食”的孩子们。

第四节

有粮不忘无粮日
丰收应记歉收时

古代中国是一个农业社会，人们普遍认同的一句古训是“国以农为本，民以食为天”。

我国是一个以农业文明为基础发展起来的国家。历史告诉我们，在上古时代中国的农耕文明就开始出现，有神农氏教民耕作、嫘祖养蚕、大禹治水等关于发展农业生产的实践活动。农业生产的发展满足了人口增加对食物需要量加大的要求。百姓能吃上饱饭就能安居乐业，发展生产创造更多的物质财富，也为统治者的需求提供更多的产品。国以农

农村大集品种繁多的“粮食市”

为本，翻开中国历史一读，可以看到历朝历代的封建君王，总是以祈求风调雨顺，五谷丰登，六畜兴旺，国泰民安为皇帝的最高治国目标。实现这一目标，皇家享受的生活就有了物质保证；同时由于人民能吃饱肚子，就能安居乐业，社会矛盾趋于缓和，从而皇权也更加巩固。这个问题如果处理得不好，处于饥饿状态下的百姓就会为自己的生存而斗争。开初是饥民蜂起，劫富济贫，开仓放粮，进而演化为大规模的农民起义，直到推翻旧政府，建立新朝廷，造成改朝换代的事实。这种史实在历史上屡见不鲜，所以为了维护皇朝的稳定，统治者们还是要关心百姓的吃饭问题，并当成立国大事来办。加之中国社会长期以来较为封闭，不重视科学技术，更谈不上外交与贸易；满足于闭关锁国、自给自足的小农经济模式。这样久而久之就形成以农为本的立国思想。在百姓心中更确立“国以农为本，民以食为天”的持久不变而根深蒂固的观念！

在中国近代史上，区域性的粮食危机时时发生，因生产能力和抗御自然灾害能力的低下所导致的局部灾荒，几乎没有断过。同时由于当时中央政府没有能力及时地调控全国粮食在各省间的分配，所以经常会发生地方性的饥荒。

为了吃到一碗饱饭，人性有时候会突破社会的底线，不论哪个朝代。

中国是一个有着五千年农耕文明历史的大国，也是一个人口大国。粮食问题伴随了农耕文明几千年。翻开中国的历史，我们就会知道中国也是一个“饥荒的国度”，水旱自然灾害一直不曾间断。多难兴邦，中国农耕文明延续了五千年，在农业文明发展过程中，为我们积累和留下了许多减灾防灾的历史经验，也留下了很多至今值得我们记取的惨痛教训。

“吱吱呀呀”转动的磨盘曾经是很多人生活艰难时期为吃饭而忙碌的记忆。

无论过去、现在、将来，中国13亿人口的吃饭问题，都将依赖传统的农业立国理念和科学技术的发展进步来实现。数千年来，中国一直深受资源紧缺的困扰，粮食问题更是首当其冲。中国历史上，每次改朝换代的结果之一就是人口的大量死亡，土地大量荒芜。而在新的朝代统治稳定后，国内战乱结束，人民安定下来从事生产，大家都有土地耕种，就会是一个非常幸福的时期。土地充裕，在农耕时代意味着生产力的解放，因此在王朝初期很快就可以看到生产大发展的景象，国力重新变得强盛！

第五节

农民稳则农村定
农村定则天下安

自从 1978 年家庭联产承包责任制的实施以及后来的改革开放以来，实际上是整个中国社会由计划经济体制向社会主义市场经济体制转型的过程，而在这种转型过程中，农民生活不可避免地受到了很大的影响，发生了很多变化。农民也逐步把经济生活放在了首要地位。赚钱和怎样赚钱成为农民平时思考最多的问题；而如何让农民增收也成为社会的一个主要话题。而一个农民的家庭经济状况和日常生活水平，往往可以从他们的田地数、家庭收入结构、家庭的固定资产(包括交通工具、房屋住宅状况和家用电器等)、开支状况以及工农产品的销售地点等方面加以衡量和测评。农民的家庭在社会发展中具有非常重要的作用。

家庭联产承包责任制作为农村经济体制改革第一步，突破了“一大二公”、“大锅饭”的旧体制。而且，随着承包制的推行，个人付出与收入挂钩，农民生产的积极性大增，解放了农村生产力。农民可以将多余的粮食出售，形成了自由市场，农民手上的现金大增，农村经济大为好转。在 1978 年至 1985 年间，粮食的增幅达到新中国成立以来的最高峰。而农民除了需要上缴的公粮外，对种谷物拥有完全的自主权。农民可以选择收益较高的经济作物，农民的收入亦因而提升，部分的农户更跃升为万元户。农村出现了一番新景象。“家庭联产承包制”的普遍实行，为农村商品经济发展创造了条件，促使传统农业经济开始朝专业化、商品化和社会化方向发展。

但是以包产到户为特点的家庭联产承包责任制目前也出现了一些问题。包产到户后，人均土地很少，农业机械都退休了，深耕没有了，土壤每年都在盐碱化、恶化。机械化深耕，不用有机肥，主要靠化肥、农药保持产量，土壤持续恶化。包产到户以后,对大型农业机械的需求不高,中国农业机械的发展出现了大滑坡。大量有毒农产品层出不穷。为一己私利,很多农户大量使用各种方式增加产量,自己种出来的东西自己都不敢吃。另外一个重要的问题是随着集体财产的流失，农村的公共事业逐渐处于无人管理的放任状态,水利失修,道路泥泞,公共卫生退化。我国部分农村,特别是中西部经济欠发达的部分地区,农村干群关系日趋紧张,干群冲突的事件屡有发生。一方面,有的地方农民丰产不丰收,收入增长缓慢,各种开支加大,生活并不富裕;另一方面,个别基层干部“数字出官,官出数字”,为显示政绩和索取高额提留,任意夸大农民收入水平,造成部分地区农村农民收入泡沫严重。加上“三乱”屡禁不止,各种达标、评比、形象工程层出不穷、变本加厉,部分地区农民负担极为沉重,造成农民与基层干部的矛盾日趋激化,部分农村干群关系紧张,影响了党和政府的方针政策在农村的贯彻落实,增加了农民的不信任感,也必将造成农村社会的不稳定,最终影响和制约中国实现现代化的进

程。但是,我们应该看到“三农问题”中的很多现实问题诸如干群关系紧张、农民负担重、农民收入增长缓慢等特别是一些容易激化矛盾的问题,与当前部分农村基层组织缺乏凝聚力、战斗力,与农村村民自治组织不得力有极大的关联性,越是经济落后,越是缺少有能力带领农民脱贫致富的村民自治组织。而且在村干部选举过程中,宗族势力、买选票现象等不良风气一直难以根绝。农村很大一部分有一定技能和知识的农民,往往选择进城务工或进入小城镇安家,经济落后地区的农村“能人”在加速流失。农民的合法权益很多领域得不到保障,农民上访已经成为一个影响社会发展的大问题,怎么办呢?

需要不需要把农民组织起来?到底用哪种方式组织起来?是用过去的人民公社集体化还是继续现在的包产到户单干模式?面对农民进城打工潮,谁来种地?如何种地?不种地就没有粮食,我们现在是不是粮食多得吃不了不用种地了呢?到底有没有一种科学的人地关系模式呢?

在我的记忆中,30多年前到粮站买面粉还凭粮票。普通工人月工资40元左右,当时也无人感到粮食太贵而觉得定粮太低。目前一个农民工打一天工的收入可购大米50—100斤。可见我国粮食的价值已人为地被控制在脱离了经济规律的境地,严重地遏止了粮食生产和农业生产的总体发展!保障农民收入和提高农民种粮积极性,仍然是重中之重。

从农村现实状况可以看到,中国很多区域出现了一种怪象,即农民抛荒等待拆迁,这表明城市化进程已经开始影响农民从事粮食生产的信心。解决这一问题,除了需要保证农民种粮收入提高,合理规划城市化的进程也显得十分重要。从保障粮食安全的角度出发,中国也应该认真考虑自身的粮食战略。粮贱伤农,使实际的粮食增产难,农民增收更难!粮食是农业的主要产品。目前超低的粮价已使农民靠种地不能生存,农民只能靠出门打工维持生活。大量土地资源被浪费,农业生产陷入了前所未有的困境,城乡居民贫富差距继续拉大。

现在农民不愿意把土地丢了,但是又不想在土地上花太多的精力。大部分农民都外出打工,一个月少说也有八九百元,多的三四千元。在农忙时,很多外出打工的农民都不回来,因为回来一趟既要花路费,还耽误了工资,搞不好连工作都可能丢了。但是,没有了土地,农民连基本的生活基础都没有了,现在很多地方经常发生农村耕地被不正常占用,加剧了社会矛盾,诱发了社会群体性事件。

粮食安全的最基本保障是农村耕地。中国是一个耕地资源严重不足的国家,人均耕地仅 1.4 亩,不足世界人均水平的 40%。“谁来养活中国人?”作为世界第一人口大国,中国用全球 7%的耕地养活了世界 22%的人口,成功守住了耕地粮食安全警戒线。

解决 13 亿人口的吃饭问题是一个大问题。随着中国工业化和城镇化进程的加快,土地需求持续扩大。在相当时期内,中国都将面临土地供需矛盾尖锐的现实挑战。而坚持世界最严耕地制度,严守 18 亿亩耕地红线刻不容缓!现在,有些地方政府盖的政府大楼高入云端,富丽堂皇的欲与世界名楼相比高下;有些地方的政府官员为升官邀宠而大搞“政绩工程”、“形象工程”以及追求“增长”、“引资”、政府圈钱“经营城市”——这些做法的严重危害,远甚于官员个人贪污,而这些做法导致的“圈地运动”,严重损害了农民的法定权利。国土监察执法难、难执法现状,甚至使一些执法人员抵触执法,经常把“没给咱处置权”、“这是历史遗留问题,咱管不了”等话挂嘴边,处理案件不积极、不灵活、不主动,使近几年很多地方出现了疯狂占用农用耕地事件,严重影响了社会和谐发展。

土地是农民的命根子,没有了土地怎么种粮食?

现实中征地拆迁引发的矛盾时有发生。失去了地,农民的心像被吊了起来,总觉得空落落的。地方政府及有关部门考虑的是,先低价获得大量土地,留作今后出售或进行房地产开发,一轮接一轮开发区“圈地热”即是明证。土地一旦“农转非”,价格便一路上扬,从每亩几万元转眼就是每亩十几万、几十万、几百万。事实上,许多农民失地都与非法与强制性征地有关,由此引起的农村土地纠纷已取代税费争议而成为目前农民维权活动的焦点。

我们脚下的每一寸土地都浸透了农民的汗水,都寄托着他们对生活的无限希望。活着,在土地上辛勤耕耘,死后,入土为安。这是每个传统意义上的中国农民绕不开的人生轨迹和精神依托。

历史反复证明，社会稳定与否，是要看农民稳定与否，而农民稳定与否，关键要看土地是否真正掌握在农民手中，有地种，则农民稳，农民稳则农村定，农村定则天下安。

和祥泰康
天行健
君子以自强不息
福

第六节

“粮心”关系千万家 食品安全重泰山

粮食，是关系社会稳定的一个大问题，现在到底还有多少农民在种粮食?

吃饭是第一要务。种地打粮食是为了吃饱饭。但是,近年来很多地方相继发生“彩色馒头”、“毒奶粉”、“瘦肉精”、“地沟油”等恶性的食品安全事件。吃饭问题出现了“舌尖上的安全”,有诚信的缺失,更有道德滑坡的原因,对于我们农民辛辛苦苦种出的粮食不要让“粮心”变黑!

现在的食品安全问题已经成为社会问题，你现在关心的是自己该吃些什么，怎么吃才会健康。民以食为天，食品安全大如天！既要吃饱，又要吃着放心，这是现在很多人的基本生活需求，但，频发的食品安全事件让老百姓不敢相信自己的眼睛和嘴巴！现在，很多地方环境保护意识差，生存环境及质量不高；水源污染导致食源性疾患的发生；水质污染直接影响食品的卫生质量；农畜业种植、养殖源头污染对食品安全的威胁越来越严重；农药、兽药滥用，造成食物中农兽药残留问题突出；食品中添加不符合食品卫生要求的物质而引起的食物中毒等事件屡有发生。

国以民为本，民以食为天，食以安为先，食品安全，关系到国计民生，责任重于泰山。但是，近年来，食品安全事件频繁发生，“毒大米”、“大头娃娃”、“毒奶粉”、“雪碧汞毒门”等事件的频发，使消费者陷入了极度的不安。为此，2009 年 6 月 1 日，《中华人民共和国食品安全法》正式颁布实施。

吃的能不能让人放心,这与老百姓过日子息息相关。日常生活中,人们接触的一些不安全食品不仅仅是人为造成的，还有一些是因为食品本身含有或自身变化产生的有毒有害物质;此外,食品加工、储存、处理不当自身形成的有害物质;外界污染造成如被致病微生物、寄生虫、农药、重金属及其他有害化学物及放射性物质污染等；食品加工过程中有意加入的成分如食品添加剂的滥用，非法加入有毒有害的非食用物质等都会成为危害人类健康的重要因素。大量烧烤档使用的鸡腿、鸡翅等原料大部分是来自未经检验检疫的进口“问题肉”。而烧烤用的辣椒粉配料添加色素、食用油多使用潲水油等也严重危害着消费者的健康。

我国改革开放三十多年来,伴随经济社会的发展,民主法制建设的推进有了很大的进步。但也必须清醒地看到,当前道德文化建设同经济发展相比仍然是一条短腿。一个国家,如果没有国民素质的提高和道德的力量,绝不可能成为一个真正强大的国家、一个受人尊敬的国家。

安徽阜阳等地劣质婴儿奶粉事件曝光后，社会各界高度重视。曾经成为舆论焦点的中秋“五仁月饼”事件是在挑战中国人千百年来的传统习俗。百姓们热衷讨论月饼种类无可厚非，但不知为何传统招牌“五仁月饼”却也不幸“躺枪”，遭到众多网友吐槽热议。“什么杏仁瓜子核桃猪肉冬瓜，五仁月饼简直是最恶心的月饼”，甚至有网友笑称“恨一个人，就送他五仁月饼”。五仁月饼突然间变成了月饼界的“黑暗料理”，新浪微博还发布了名为“五仁滚出月饼界”的话题，招致多达36万条的讨论回复。而当人们还在讨论传统月饼是否会退出月饼市场时，一些新鲜出炉的月饼却已腾空出世抢占了更多的视线。

雪白的颜色、韧性十足的湿米面是一种多数人都喜欢的面食，为使其更加白净、保鲜的时间更长，一些不法分子便在生产时非法添加国家明令禁止的“吊白块”等原料。温州市苍南县公安局灵溪中心派出所查获2个添加“吊白块”的湿米面黑作坊，抓获5名嫌疑人员，查扣多个品种的成品湿米面约2吨。“吊白块”又称雕白块、雕白粉，易溶于水，是一种强致癌物质，对人体的肺、肝脏和肾脏损害极大，普通人经口摄入纯吊白块10克就会中毒致死，国家明文规定严禁在食品加工中使用。吊白块的作用是漂白、防腐、增强韧性。它的危害巨大，所分解产生的有毒气体可使人头痛、乏力、食欲差甚至导致鼻咽癌等疾病。从一个产业的发展过程来看待食品安全问题，并提出人与自然的和谐问题是食品安全问题能否解决的关键所在。

食品安全关系到广大人民群众的身体健康和生命安全，关系到经济健康发展和社会稳定，关系到政府和国家的形象。几年来，被公开曝光生产和销售伪劣、有毒有害食品的案件层出不穷，受害者成千上万。1998年，山西朔州制售假酒喝死了人。案发后轰动全国，制假者被处以极刑，就是这样，也未使制售假酒者受到威慑。之后又在广州白云区相继发生两起白酒中毒事件，造成数十人中毒，13人死亡。制假售假者胆大妄为，无法无天，真是丧尽天良。过去，对生产销售伪劣和有毒有害食品的治理整顿没有做到法规化、制度化，而是“救火”式的治理，哪里发生问题治哪里，事情过后“刀枪入库、马放南山”。因而制假售假屡治不绝，屡禁不止，甚至有愈演愈烈之势。

目前我国食品安全状况并不令人乐观：剧毒农药、兽药的大量使用；添加剂的误用、滥用；各种工业、环境污染物的存在；有害元素、微生物和各种病原体的污染；有害生物和疫病多次发现；生物技术和食品新技术、新工艺的应用带来的可能的负面效应；周边国家疫情的频繁发生；国内外人口流动的增加，新疾病的出现和原已消灭的重大疫病的死灰复燃等。近年在市场上曾发现食物加吊白块、鸡鸭饲喂激素、面粉加增白剂、海鲜用甲醛浸泡等，还有在水果上喷施催熟剂、膨大剂，在蔬菜上喷施剧毒农药等案例。食品安全问题似有愈演愈烈之势，现在问题食品的涉及面越来越广。问题食品已从过去的粮油肉禽蛋菜豆制品、水产品等传统主副食品，扩展到水果、酒类、南北干货类、奶制品、炒货食品等，呈立体式、全方位态势。问题食品的危害程度越来越深，已从食品外部的卫生危害走向了食品内部的安全危害。过去只注意食品细菌总数，现在是深入食品内部的农药、化肥、化学品残留。制毒制劣手段越来越多样、越来越“深入”、手法越来越隐蔽，从食品外部的走向内部的、从物理的走向化学的。从曝光的有毒有害食品看，犯罪分子制毒制假手法花样翻新、五花八门。正是不怕你做不到，就怕你想不到。

食品安全问题就发生在我们的身边，也可能正在发生在我们的身上，危害着我们的健康。我想，我们国家要高度重视食品安全这个问题，只有通过加强立法，严格执法才能制止这些问题的出现。同时我们也要积极地参与到食品安全的宣传中，让更多的人认识食品安全的危害，抵制农药食品、化学食品、问题食品，这样才能让食品安全与我们的健康同行。食品，说得普通一点就是人们每天吃的和喝的。具体指的是各种供人食用或者饮用的成品和原料以及按照传统既是食品又是药品的物品，但是不包括以治疗为目的的物品。食品安全，指食品无毒、无害，符合应当有的营养要求，对人体健康不造成任何急性、亚急性或者慢性危害。不安全的食品成为“问题食品”。提到食品安全，人们心中是异常关心的、关注的。因为随着经济社会不断进步，经济全球化不断发展，人们饮食文化多样化，食品卫生与安全成为备受关注的热门话题。“苏丹红事件”、“注水肉”，还有 2008 年 8 月的“三鹿奶粉事件”，无一不牵动着广大民众的心。随着食品的多样化发展，各种添加剂不断翻新、涌现,不断被加入食物中。肉松中有添加剂,奶粉中有三聚氰胺。虽然现在社会食品的安全的信息不对称,但可能都是消费者心中所默认的,考虑到我们每天吃的食物,想想我们身边的人,他们也大都认同“眼不见为净的”观点,是的,在你吃食物的时候,你不会想食品的生产过程是怎样的,你也不去想是否真的通过了国家卫生检查,你只是考虑到口感的好坏,但有时吃的是“问题食品”,你却不知道,等到出现问题时,你可能也发现不出是食品原因,当然也拿不出任何证据来证明了。生产商这样生产“问题食品”,我认为这不但影响到人民的生命安全,亦严重威胁到国家的声誉。这样做无疑是一种不知羞耻,一种无能,一种人性泯灭的表现。

食品安全中出现问题,人们都会首先想到出售商和制造商。是的,追求利益是企业的天职,但他们不能丢失了人性;是的,企业之间的竞争主要竞争的是价格,但是他们不能向猪肉中注水;是的,企业与企业之间,企业内部之间,企业与民众之间有时会利益分配扭曲,但是他们不能以牺牲消费者的健康来弥补。企业固然有他们应该负担的责任,但是国家有关部门的官员也不能从旁而立。以人民利益为重,依靠国家法律法规来维护民众健康是他们的责任,有句俗话“当官不为民做主,不如回家卖红薯”。同时,建立食品安全体系是重中之重,如今《食品安全法》已实行多年,食品安全已有标准,但每个企业却有自己的“标准”,有时标准不能落实,因为个别地方官员、领导和生产制造商“勾结”,有所谓的免检产品,不用检查就发放卫生许可证,直接出售。同时,对于食品安全问题,消费者自身的防范意识、自我安全健康保护意识也是不可缺少的。当然买食品不能单纯地相信吹嘘的广告:质量第一,等等的。从某些消费者了解到,他们全凭广告并坦言道:有质量第一的谁还买质量第二的食品?话说回来,自己不对自身健康负责,何人还会关心你?

食品安全出现问题,人的健康就会受到威胁。在如此严峻的问题面前,为什么还要出现“问题食品”?所谓的人性都到哪里去了?作为自然界生物链的最顶端,我们不是自食其果吗?

过去因为粮食缺乏，见面总要问一句：吃了吗？而现在人们在一起常讨论的话题是“现在吃什么好？”是啊，吃什么好呢？猪肉中注水，蔬菜中残留农药，制造火腿喷洒敌敌畏，生产泡菜使用工业盐，喂奶粉吃出大头娃娃，喝黄酒丢了性命。一种种假冒伪劣食品不断被揭露、被曝光；一起起触目惊心的制假售劣案件被查处、被打击；一条条鲜活的生命被残害、被扼杀，一颗颗善良的心灵被愚弄、被震撼。广大群众不禁要问：“究竟，我们还能吃什么？”我国食品安全的问题已到亟须下大决心，用大措施，凭铁手段，到彻底解决的时候了。

“民以食为天，食以安为先”，人类生长、经济腾飞、社会进步时刻离不开食品，离不开安全、卫生、营养的食品。“怎么会这样？我们应该怎么办？”广大群众不断在问。“我们要吃安全的食品”，广大群众不断在要求，群众的呼声，催动我们去思考、去行动。“食品企业、良心事业”，食品生产经营企业可能是合格、优质食品的生产者，是功臣，也可能是劣质有害食品制造者，又可能成为罪人，因此说，食品生产经营者是食品安全的第一责任人，决定食品质量的关键因素既不是技术，也不是管理和设备，关键在人，关键在于食品生产经营业主和从业人员的职业操守和道德水准。死猪肉生产肉制品，使用工业石蜡制造火锅底料，使用氢氧化钠泡发水发产品，难道他们不知道这些东西有害吗？非也，让我们听听生产蛋白质含量仅为2%奶粉的生产企业主在听到长期喂食奶粉导致大头娃娃死亡时是怎么说的，“啊呀，这种奶粉是不能一直吃的，反正我们从来不吃，我们都到超市买几十元一听的进口奶

粉吃”。“哀莫大于心死”，这些人是何等的冷漠，何等的麻木不仁，何等的丧尽天良！

物欲横流的社会，黑心的商贩厂家，你们怎可以为了利益如此漠视人民的生命健康，这同“谋财害命”有何区别？这算是对食品安全的拷问吗？再多的拷问都于事无补，只会落个“事后诸葛亮”的名声，因为食品已经不再安全。可正直善良的人们从未停止对食品安全的担忧和批判，这对社会而言，难道不是一种无奈，一种悲哀吗？我们悲哀于人类几千年的发展，科技的发明，生产力的进步，到头来是用于食品的“化学添加剂”大张旗鼓，各种谋取暴利的方法手段也“与时俱进”了，这是社会的一种进步，抑或是“倒退”？

近年来，有一种油成为大众“恐怖油”，这油叫作——地沟油。地沟油就是将下水道中的油腻漂浮物或将酒楼的剩饭、剩菜（通称泔水）经简单加工、提炼出的油；还有把劣质猪肉、猪内脏、猪皮经加工提炼出的油；还有炸食品的油使用次数超过规定后，再被重复使用或往其中添加一些新油后重新使用的油。有些地沟油，经过深层加工，甚至可达到食用油的国家一级标准，无论从颜色上还是气味上，即使是专家都难识别。消费者一般觉得地沟油肯定

特别脏、混浊、有怪味，其实不一定，经过洗涤、蒸馏、脱色、脱臭等精炼过程后的地沟油，和我们在超市买的桶装普通油一样清亮、干净，单从外观和感官上很难区分，也闻不出任何异味。有些不法商贩通常还会把地沟油掺入食用油中，如果含量较少，更是难以检测。更令人担忧的是，一些经过加工的地沟油，不但能瞒过专家的火眼金睛，甚至连国家检测标准都能“骗过”。

近年来，地沟油的新闻一波接一波。如果你炒的全是素菜，但吃着吃着觉得很香，能吃出肉味，十有八九用的是地沟油。地沟油对于人们的影响，除了令人作呕的恶心，还对健康危害重重。地沟油的最大危害，不在于其中致癌的黄曲霉素，也不在于肮脏的“地沟”二字，而是来自“多次加热”和“氧化”这两个词汇。在餐馆中，很多食材都需要过油，很多菜肴、点心需要油炸，这就势必带来油脂的反复加热。植物油并不耐热，在炒菜时 160℃—300℃的高温下会发生热氧化等多种反应，让维生素 E、必需脂肪酸等营养成分损失殆尽。少了营养的油就已经属于“坏油”，而有害的反式脂肪酸、饱和脂肪酸会持续增加。有研究发现，吃这种多次加热的油，更易得脂肪肝、高血脂、高血压、胆囊炎、胃病等病，甚至可能增加心脏病和多种癌症的发生！

民以食为天，在物质生活大为改善的今天，人们却在“谈食色变”，没有人确切地知道什么能吃，什么不能吃，“食”似乎是一件让人煞费苦心的愁事。我们一天也离不开食物，难道就这样怀着对食品的戒备和诚惶诚恐终老一生吗？食品变成了祸害百姓的东西，这难道不是做现代人的悲哀吗？

吃得安全不安全既关乎我们群众的切身利益，也关乎政府部门的公信力，如何解决食品安全问题，值得我们每个人深思。

吃饭问题事关重大，不要让“粮心”变黑！

梦 中国
自由
平等
公正
法治
福
富强
民主
文明
和谐
梦 中国
福
爱国
敬业
诚信
友善
梦 中国
社会主义核心价值观

第七节

一日三餐要吃饭
基本农田高压线

土地是农业发展的基础资源，土地更是农民的“命根子”。

但是，现在有些地方出现了变相占用耕地的问题。有的乡镇借企业改制之机，非法转让国有土地；有的乡镇为弥补财政赤字，擅自将职工住宅区公开买卖，将无偿划拨的国有土地改变用途，卖给社会人员居住或经商；有的利用小城镇建设之机，将交通要道两侧及镇所在地黄金地段公开出售，但又办不下来相关证件，结果引发群体性上访事件。近几年来，由于农村两委负责人更换频繁，村集体组织违法也表现集中：新上任的村干部为解决办公经费或处理各种关系，变卖本村“耕地”或“建设用地”给群众建住宅或商贸楼；有的村干部为出“政绩”，竟然毁坏耕地及果园，改变土地用途建酒店；还有的村干部当“好人”，以村委会名义与个别农户签订土地租赁合同，变相将农用地永久性租给某些村民使用。

到底“种粮食”和“种工厂”哪个重要呢?

“手中有粮,心中不慌”,现在对很多地方政府官员来讲已经变味了。现在有很多的地方政府官员做法是“种粮食”不如“招商引资”、“种工厂”,因为“招商引资 ”、“种工厂”比让农民“种粮食”带来的“政绩”和“好处”那是太多了!

在土地问题上,个别群众也是能捞就捞。有村民利用过去产业结构调整之机占用的耕地,建永久性住宅;有的认为在自己承包地或果园内盖房子是自己的事,理所当然,没人管得着。不少村民认为,占地占了白占,谁的能耐大谁就占,查了也没关系,反正土地执法大多不敢来硬的。国土监察执法难、难执法现状,甚至使一些执法人员抵触执法,经常把“没给咱处置权”、“这是历史遗留问题,咱管不了”等话挂嘴边,处理案件不积极、不灵活、不主动。土地啊!真是个宝,一旦“农转非”便身价陡增,所以在城郊打土地主意的总是趋之若鹜。由于现行的土地政策在农民对土地的直接利益主体法律地位方面界定不够明确,农民行使参加集体土地管理的权利得不到强有力的法律保障,因而无法抗拒县乡村干部擅自非法转让土地的行为。这是土地过度非农化和城郊农民大量失地的重要原因之一。

“民以食为天”,中国人丰衣足食的根基永远只能是自己的国土,如果从解决吃饭问题考虑,目前急速城镇化对耕地来说危害严重。

很多地方政府及其部门用低廉地价招商引资。对官员们来说,低地价引资风险小、收益大,引来投资不但可以推动当地经济增长,提升当地产业结构,而且能解决当地就业问题,给群众带来一定的实惠。更重要的是招商引资短期内让官员有了看得见的政绩,有了被提拔重用的资本。由于政府官员利用行政权力大力推动,大手大脚批地用地就疯狂蔓延。从南到北,从经济发达地区到相对落后地区,几乎每一级政府都规划了自己的开发区、工业园区。投资商们看准了这一点,他们揣着项目游走于各地政府之间,用很低的价格把大片大片的土地圈占起来,然后慢慢享用巨额价差带来的利润。

近些年来，一种“招商引资“的政府行为又热了起来。无论哪个地、市、县，都把招商引资当成政治任务来抓。大标语、大横幅，弄得到处都是，就像“大跃进”时期的遍地红旗一样。为了能够尽可能多地引来外资，各地均出台极其全面、极其细微的优惠政策。地皮，极其便宜；供电供水，绝对保证。外商们喜欢唱歌跳舞，于是便有豪华的夜总会出现。外商们爱娱乐，于是豪华宾馆里便备有很多服务。

“老板”招来了，“资金”引进来了，耕地被占用，大批大批的工厂被“种”起来。如果仅止于此，招商引资，促进经济发展，也算功德一件。但很多地方，已经是为引资而引资了。只要能引来资金，不管多么厉害的污染项目都敢上马，这种实例有目共睹，太多太多！

在我国，法律规定农村土地属于集体所有，农村的土地所有权不能转让，但农村集体所有的土地使用权可以依法转让。出卖农村集体土地使用权

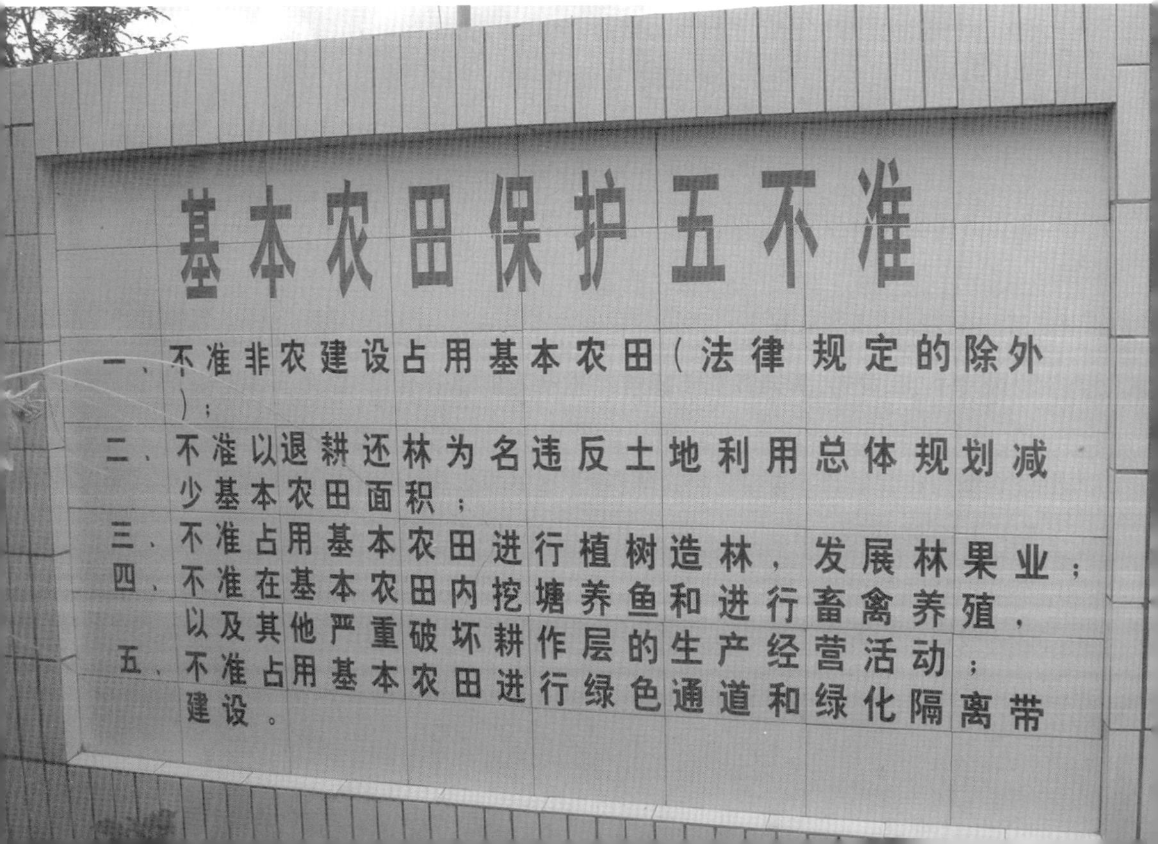

本来是无可厚非的事,它有助于增加村集体的经济收入,可以有效地利用村庄的闲置土地，可以用出卖集体土地使用权所得的钱来做一些对村民有益的事情,比如一些公益设施的建设,如改造小学、硬化农村的路面。农村集体土地使用权的可转让性也为那些拥有资金的投资人提供了投资领域，让闲散的资金有了出路。但是目前在农村中存在的非法买卖集体土地使用权的行为与当初国家鼓励农村买卖集体土地使用权的宗旨完全背离，成为了一些掌握村庄权力的人中饱私囊的工具。

这是一个重要的现实问题,到底现在还有多少农民在“种粮食”?

农民是农业的主体,也是粮食生产的主力军。随着工业化和城市化加快发展,农村无人种粮、不愿种粮的问题日益突出,而且呈现出不断扩大的趋势。一是农村无人种粮、人才匮乏。大量的农村青壮年涌入城市,农村劳动力出现老年化和女性化倾向。我国农村目前栖居的主体人群是一个被称为“38、61、99”部队的老弱病残妇幼,“青壮打工去,收禾童与叟”的景象十分普遍,很多家庭是“门口拴着一条狗,屋里剩下老两口”。同时,由于农村教育投

入严重不足,农村人力资源只利用不开发,农村基础教育和职业教育发展迟缓,制约了农村人才的培养和积累,导致农村劳动力素质难以提升。人才在城乡之间双向流动的推拉力失衡、机制失效,呈现出从农村向城市的单向流动特征,出现了农民不愿种粮的现实问题。因工业化进程中形成的产品价格“剪刀差”始终在延续,致使我国农业效益特别是种粮效益一直偏低,甚至出现种粮亏本的现象。

如果再放任在本应是种粮食的耕地上“种工厂”,总有一天,我们会面临饥荒的灾难。现在我国耕地面积日趋锐减,种粮劳动力日益短缺,中间物质投入长期不足,这些都将直接影响到粮食产量和粮食安全。

作为一个有着十几亿人口的大国,一旦粮食生产出现问题,怎么办?

慶豐包子鋪
Qing Feng Steamed Stuffed Bun Shop
可口可乐
Qing-Feng Steamed Dumpling Shop
早 6:30－晚 9:00
庆丰包子铺
Qing-Feng Steamed Dumpling Shop
早 6:30－晚 9:00

第八节

粮丰林茂风光好
渤海粮仓食为天

秋天的早晨,我行走在我的老家山东沾化富源李果村东边的田野里。

这片土地我是再熟悉不过了,哪块地叫什么名字,哪块地属于一级地,哪块地属于二级地,我至今能辨出个大概,虽经过近几年的调换,大体变化是不大的,只不过在地里种地的人越来越少,大部分青壮年劳力都外出打工,整日忙活在地里的大多以老年和妇女为主。因为夏天雨水过大造成棉花减产,在棉花地里拾棉花的也不是很多。

突然发现在村东南方向有几台大型机械车辆,有挖掘机,还有推土机。走过一块菜地,村里有位老人正在拔萝卜,走上前我问道:六爷爷,那边那些大机械车在干啥?老人把萝卜放在地上说道:听说是叫“渤海粮仓”的一个大工程,大开发种麦子哩!

山东沾化富源街道办事处李果村村东的农田曾经是退海之地，盐碱化程度很严重，实施中科院和科技部指导的“渤海粮仓科技示范工程”后，对土地进行大规模改良，农业发展有了显著提高。

的确，那片荒碱地我非常熟悉，记得小时候没少在那片盐碱地上光着脚丫子玩耍，光秃秃的盐碱地踩上去软绵起伏，偶尔能看到几棵芦草，但能连成片的只有黄须菜，春天黄须菜发芽矮矮的青色一片，秋天里橙红的黄须菜倒是村外的一条自然风景线，把黄须菜拔下来，晒干，用木棍用力砸，黑莹莹的黄须菜种子成了喂猪的好饲料。如果在初春的阳光直射下，那片盐碱地表面能有一层疏松的碱土。记得生活困难时期，村里很多人用笤帚把那一层碱土扫起来，回家加水在铁锅里熬，最后能熬出发亮的一层盐巴，用铲子剥下来放在瓮子里能腌制咸菜，这活我曾经干过，至今难忘。

后来，这片盐碱地挖成鱼池养过鱼，鱼以罗非鱼为主，而如果是纯淡水的鲫鱼或鲤鱼也是难以成活，因为盐碱土的水池子不适合纯淡水养殖。再后来，这片盐碱地荒芜多年，直到后来，村南建了一个造纸厂，建厂所用的土大都取自这片荒碱地。又过了几年，造纸厂也停产，这片盐碱地就没有了用场，如遇夏天雨过后，能从坑坑洼洼的盐碱水坑里抓到几条小鱼。

我走进正在插着红旗的麦地里，好多人正在忙，我问道：这么多车这是在忙活啥？

那人答道：我们是滨州市科技局的，正在这里进行农业大开发搞试验田。

我不解地又问道：搞试验田，种啥？

那人答:种麦子。

我更加疑惑地问:这片盐碱地能种麦子吗?

那人放下图纸说道:这是滨州市科技局的一项农业开发项目,现在就是对这片盐碱地统一整形全部深耕,撒上抗盐碱的 ETS 生物菌肥,引水浇灌,这种有机肥可增加土壤有机质,产生腐殖酸,还可提高地温 0.5℃—1℃。种的麦子是引进的耐盐碱抗旱优良小麦——小偃 60 号、小偃 81 号和青苗 6 号三个品种,是中科院的科技成果,专门适合在盐碱地改良后种植,从种植、管理到收割,可以全程机械化。我们这个项目叫“渤海粮仓科技示范工程”,是国家科技支撑计划项目,由科技部和中科院牵头,2012 年 9 月份开始组织实施,目标是到 2020 年在环渤海中低产区实现粮食增产 50 亿公斤。

渤海粮仓科技示范工程,这个项目名称一下引起了我的兴趣,因为我正在撰写关于“中华粮仓”纪实报告,而正在实施的“渤海粮仓”不正是“中华粮仓”其中的一个大粮仓吗!

后来，通过实地调查，我对“渤海粮仓”项目有了更深入的了解，我不由得感叹：好一个“渤海大粮仓”！

2013 年 4 月，科技部、中国科学院联合环渤海河北、山东、辽宁、天津 4 省（市）启动了“渤海粮仓科技示范工程”，在环渤海低平原区建立一批粮食增产增效示范区，旨在保障国家粮食安全、推动区域现代化农业发展。“渤海粮仓”项目将依据环渤海中低产区扩面积、增单产、水保障的粮食增产总体思路，围绕增产 50 亿公斤粮食的总体目标，充分发挥区域土地资源、咸水资源以及降雨和光照充足、经济快速发展的优势，重点突破区域土、肥、水、种等关键技术，研发、集成、示范推广盐碱地高效改良利用与快速培肥、微咸水安全灌溉与雨水高效利用、中低产区粮食增产、棉改粮等技术，以科技特派员为纽带和桥梁，建立企业与新型农业合作组织参与的示范机制，构建适度规模经营的现代农业生产技术体系与示范样板，规模化示范推广粮食增产增效技术，大幅度提升环渤海中低产田粮食增产能力。通过盐碱地改良、棉改粮实现扩大粮播面积；通过提升农田基本建设水平、加强中低产田改造升级和地力提升，实现中低产田粮食增产；通过挖掘当地非常规水源和适度外地调水，并发展现代节水农业，为粮食增产提供水资源保障，通过选育抗逆高产品种，为粮食增产提供品种资源保障。在攻克粮食增产的水、肥、土、种关键技术基础上，针对区域特点，集成粮食增产模式，规模示范应用，突破渤海粮仓建设的水土资源约束与可持续增产的关键科学问题和技术，带动区域农业发展。通过研究与示范，以县域为单元，在河北、山东、辽宁、天津建立 20—25 个 5000 亩以上现代化生产示范区。项目实施后，示范核心区粮食单产有望平均每亩提高 100—150 公斤，辐射带动环渤海地区 60 余个县（市、区）3000 余万亩中低产田粮食增产增效，示范推广区粮食单产有望平均每亩增加 50 公斤。预计到 2017 年，环渤海地区可增加粮食产量 30 亿公斤，到 2020 年可增加粮食产量 50 亿公斤。

2012 年我国进口粮食总量达 6000 多万吨，相当于利用了国外 6 亿亩耕地的播种面积，一旦国际局势不稳，势必影响我国粮食安全。因此，保障国家粮食安全和重要农产品有效供给任务依然艰巨。从发展现代农业，保障国家

粮食安全的战略高度,实施渤海粮仓科技示范工程有重要意义。2013年,中国粮食产量达到60193.5万吨,比上年增加1235.6万吨,增长2.1%,粮食产量实现创纪录的“十连增”。但耕地问题、水资源短缺、气候变化对粮食生产的资源约束日益突出。未来一个时期,中国粮食需求仍将呈刚性增长趋势,据测算,每年因人口数量增长,包括城镇人口增长,粮食需求增长超过100亿斤。那么,如何确保中国的粮食安全?立足国内保证粮食的基本自给,这是一个长期方针。中国人的饭碗要牢牢端在自己手中,而且自己的饭碗主要装自己生产的粮食。

实施“渤海粮仓科技示范工程”意义重大,该项目最初是由中科院李振声院士提出来的。李振声院士经过多次调查研究后认为环渤海低平原区增产潜力巨大,到2020年有增产100亿斤粮食的潜力,因此提出了建设“渤海粮仓”的设想。

中国科学院李振声院士，山东淄博人，有“当代后稷”和“中国小麦远缘杂交之父”之称，2006年获得国家最高科学技术奖。他是中国科学院院士、第三世界科学院院士，著名小麦遗传育种学家，中国小麦远缘杂交育种奠基人，1951年毕业于山东农学院（现山东农业大学）农学系。现任中国科学院遗传与发育生物学研究所植物细胞与染色体工程国家重点实验室学术委员会名誉主任、研究员，山东农业大学教授。曾任中科院副院长、全国政协常委、中国科学技术协会副主席。他育成小偃麦8倍体、异附加系、异代换系和异位系等杂种新类型；将偃麦草的耐旱、耐干热风、抗多种小麦病害的优良基因转移到小麦中，育成了小偃麦新品种四、五、六号，小偃六号到1988年累计推广面积5400万亩，增产小麦32亿斤；建立了小麦染色体工程育种新体系，利用偃麦草蓝色胚乳基因作为遗传标记性状，首次创制蓝粒单体小麦系统，解决了小麦利用过程中长期存在的“单价染色体漂移”和“染色体数目鉴定工作量过大”两个难题；育成自花结实的缺体小麦，并利用其缺体小麦开创了快速选育小麦异代换系的新方法——缺体回交法，为小麦染色体工程育种奠定了基础。

2005年4月，李振声在博鳌论坛上又有一个发言，广受世人关注。原来，在1994年，美国农业和环境问题专家莱斯特·布朗在《世界观察》上撰文提出了“谁来养活中国”的问题。他的结论是：中国到2030年，若人均粮食消费水平按400公斤计，进口粮食将达到3.78亿吨。而世界粮食出口总量不过2亿多吨。到那时，不仅中国养活不了中国，世界也不能养活中国。李振声在博鳌论坛上说：“我们对比的结果是，布朗的推论不正确，不符合中国实际！第一，人口增长速度比他预计的慢了1/3，布朗预计后40年人口年平均增长1200万，而2003年我国人口实际增长只有761万；第二，人均耕地减少的速度不像布朗预计的那样严重，因为通过遥感测定我国耕地面积比原来公布的传统数字多出了36.9%；第三，我国粮食15年合计进出口基本持平，净进口量只有879.4亿斤，相当于总消费量的0.6%，微不足道！”站在演讲台上，李振声信心百倍地告诉世界：“中国人能养活自己！现在如此，将来我们相信凭着中国正确的政策和科技与经济的发展，也必然能够自己养活自己！”台下随即响起雷鸣般的掌声。

中国现有18亿亩耕地，要想靠增加耕地面积提高粮食产量十分困难，必须把目光放在大量的中低产田和科技创新上。环渤海地区是我国重要的农产品生产基地和经济快速发展区域，然而受淡水资源匮乏和土壤瘠薄盐碱等因素制约，环渤海4省（市）中，有4000多万亩的中低产田和1000多万亩的盐碱荒地，粮食增产潜力巨大，有望建成“渤海粮仓”。实施渤海粮仓科技示范工程，可带动中低产区粮食增产，有效缓解粮食生产的水土资源约束，推动区域水土资源高效利用技术的发展和提升，可推动区域规模化粮食增产和现代农业发展，对保障国家粮食安全意义重大。

渤海粮仓科技示范工程面向国家粮食安全重大需求，针对环渤海中低产区淡水资源匮乏、土壤瘠薄盐碱制约粮食生产问题，以整体推进环渤海区域粮食增产、农业增效为目标，以“扩面积、增单产、水保障”为核心，以“增粮拓棉”为重点，与“一城两区百园”（121工程）紧密结合，集成抗逆作物品种、盐碱地改良利用、中低产田快速培肥、微咸水安全灌溉与雨水高效利用、棉田增粮等土、肥、水、种技术成果，探索低产农田粮食增产技术模式和“一二三”产业融合技术体系，为解决粮食增产、农民增收、农业增效问题提供科技支撑，为保障粮食安全问题闯出一条新路，推进地方经济和城乡一体化协调发展。

工程通过建立核心区、示范区和辐射区“三区”联动建设，强化共性技术与区域示范课题的结合，力争重点突破制约区域粮食增产的土、肥、水、种等一批关键技术，在环渤海低平原区的河北、山东、辽宁和天津等地建立一批粮食增产增效示范区，研发、集成、示范推广抗逆作物品种、盐碱地改良利用、中低产田快速培肥、微咸水安全灌溉与雨水高效利用、棉田增粮等技术，构建一批区域特色的增粮增效技术模式，建立适度规模经营的现代农业生产技术体系与示范样板，规模化示范推广粮食增产增效技术体系，实现到2017年增粮30亿公斤、到2020年增粮50亿公斤目标，大幅度提升环渤海中低产区粮食增产能力和效益，为建设渤海粮仓、保障国家和区域粮食安全提供科技支撑。

山东省滨州市等地，因为属于退海之地，早在春秋时期就有人在此以煮海晒盐为生。由于受海相成土母质和海水侧渗的影响，土地盐碱化程度非常严重。浅层地下淡水分布面积仅 14 平方公里，且储量少，不具有大量开采价值。深埋于 300—500 米的深层地下淡水由于含碘、氟量过高，人畜不能饮用，又因含水层由粉沙、粉细沙构成，水量小开采困难。沿海潮滩地 2800 米深以内无淡水分布。以前这片盐碱地上只能种植棉花，费工费时，而且产量很低，加上近几年棉花种植效益不好，收益有限。

"冬天白茫茫，春天水汪汪，夏天苗发黄，秋天见草不见粮"的盐碱地被称为土地的癌症。盐碱地的 pH 值大于 7 不利于大多数偏酸性的植物生长，盐碱地中的离子浓度高于植物细胞导致细胞皱缩不利生长。怎样才能在不适合粮食作物生长的盐碱地上种出粮食呢？培育耐盐粮食品种和改良盐碱地是一项复杂而关键的科技问题。

2012 年"青麦 6 号"被"渤海粮仓"科技示范工程选中作为耐盐品种进行试种，并于 2013 年麦收季节创造了盐碱地亩产 449.01 公斤的骄人成绩。经过试验，"青麦 6 号"在春寒夏涝、灾害严重的情况下，取得了平均亩产 303.5 公斤的成绩。有了耐盐粮食品种，下一个要攻克的难题就是如何对盐碱地进行改良。改良盐碱地，就是要降低盐碱地的含盐量并提高盐碱地肥力。目前采用的主要方法就是增施微生物有机肥。微生物有机肥是采用动、植物、海洋生物等多种土壤微生物所必需的腐殖质、矿物质为原料，经过多层次深度发酵精炼而成的微生物农用菌剂，能激活土壤生命力，创建和恢复土壤的自然代谢机能，在盐碱地及土壤板结治理方面效果显著。滨州地处黄河下游，地势低洼，土地盐碱，四季旱涝不均，地下水因盐碱化难以利用，农业生产"十年九旱"。为从根本上改变农业生产条件，加快推进新农村建设，滨州市委、市政府编制了《滨州市"粮丰林茂、北国江南"发展规划》，从 2008 年初开始全力组织实施十大工程建设。滨州市、县、乡三级均成立了林水会战指挥部，市委、市政府创新和完善了一系列考评机制。黄河三角洲高效生态经济区建设规划进入国家战略之后，它们把林水会战与总体规划进一步衔接，努力打造“以路为骨、以林为韵、以水为魂、林水相依”的黄河三角洲高效生态农业示范区。

我国现有耕地中，占65%的中低产田仅贡献44%的粮食。在环渤海4省(市)中，有4000多万亩的中低产田和1000多万亩的盐碱荒地。如何在盐碱地上建起“渤海粮仓”呢？

实践证明，人有多大胆地有多大产的“人定胜天”只不过是一种主观能动性无限夸大绝对化的豪迈，要建成“渤海粮仓”必须依靠科技，科技才是第一生产力！渤海粮仓的建成，科技是关键，必须走现代化的大农业模式。实现环渤海中低产区粮食增粮增效必须突破技术瓶颈，突出技术集成示范，为环渤海中低产区大面积粮食增产和农业增效提供科技支撑，培育发展种、肥产业，推进环渤海区域以种、肥产业为核心的农业产业化布局，探索新型社会化服务方式，提高环渤海地区信息化服务水平，摸清区域土地资源状况，探

索土地金融结合的科技投入新模式。渤海粮仓技术为现代农业打开了一扇窗，当技术和资源对接成功后创造出了原来想都不敢想的农业收益，成熟的技术与滨州的自然条件对接，或许能创造出现代化农业更大的奇迹！

"渤海粮仓"正在建设中，中国正在发生一场真正意义上的现代农业革命，或者说现代农业技术革命。包括如何科学地施用化肥，如何节水灌溉，如何防治病虫害，如何发展设施农业，如何防灾减灾，如何不断推动种子革命，使得中国的粮食单产能够进一步地提高。待到"渤海粮仓"仓满廪实的丰收时刻，对于解决事关中国13亿人口的粮食安全问题将是"储粮于民、储粮于地"的政治保障之一！

站在我的老家沾化李果村外的田野里，望着昔日这片盐碱地正在变成"渤海粮仓"，我不由得振奋起来，这片曾经养育我父老乡亲贫瘠的土地啊，有朝一日定能实现"土地无荒，地有余剩，一寸一尺无不耕，一步一亩无不稼"的美好梦想！

我曾经历过一个贫困的艰难岁月。

"娘，俺饥困，吃块干粮！"这是我小的时候经常挂在嘴边的话，"饥困"是沾化的方言，就是饿，就是要填饱肚子。"干粮"是对粮食最基本的概念，有干粮就不会饿肚子，虽说小时候没有经历过吃糠刮树皮的艰难岁月，但是，也不是想吃什么样的"干粮"就有什么样的"干粮"。

记得我家的房梁上用绳子悬挂着一个筐子，平日里，每当蒸出干粮后，母亲总会把干粮放到那个筐子里，我那时年龄小、个子矮，感觉饿的时候，就搬来一条板凳，我站在凳子上，仰起头，把手伸到悬挂在房梁上的那个筐子里，我是多么盼望着能摸到一个圆圆的大白馍馍呀！可是，那时候想吃上一个馍馍却是如做梦一般的，能摸到的一般是一个窝窝头，有时候会摸到一个扁状的饼子。饼子的做法大部分是在做饭的时候，母亲和好一盆黄澄澄的棒子面，等着锅里开锅后，把和好的棒子面在手中挤压成扁状，然后贴在锅沿上，贴好的饼子遇到热锅慢慢粘贴住，然后盖好锅盖，大把大把地往灶膛里放柴草，等过段时间，再把锅盖打开，锅的四周是一圈熟透的饼子，此时，把一个盛了凉水的白碗放在锅台上，取来铲子，先是在凉水里轻轻沾一下水，然后，一手稍稍用力托着饼子，另一手用力沿着饼子与铁锅的缝隙铲进去，一个带着黄嘎渣儿熟透的饼子就被铲下来。我小的时候，总是站在锅台边，等着母亲把饼子铲下来后吃饼子上的黄嘎渣儿，有时候还会偷偷把饼子上的黄嘎渣儿揭下来吃，虽说饼子不如大白馍馍好吃，但也是别有一番滋味的！

如果从悬挂的房梁上摸到窝窝头，说实话我心里会很不情愿的。拿着窝窝头从凳子上下来，然后在墙角找到一个瓮子，用筷子挖出一点虾酱放到窝头的眼眼里，再从窗台上抽出一个大葱，一边大葱蘸着虾酱，一边吃着窝窝头，肚子里不再“饥困”！

窝头的做法也有好几种。一种是发面窝头，用“引子”发面蒸的窝头松软可口。发面的“引子”那味道其实是不好闻的，我小的时候曾经在家里的窗台上闻过发面“引子”的味道，那时我形容那味道是臭脚丫子味，但是，却也奇怪，用那“臭脚丫子”味的“引子”发面蒸出来的窝头却是松软好吃，比那不用引子的“死面子”窝头好吃多了。还有一种窝头的做法是用一个窝头模子做的，那模子其实就是把一个粗粗的木棍打磨成上端尖细，中端粗并带有把手的木头模子。在我印象中，能用上模子来蒸窝头的时候一般是家中盖房子或者有结婚娶媳妇的重大事件。家中盖房子需要请村里人来帮忙，都是一个村里的，抬头不见低头见，谁家没有个大事小情的需要相互帮衬。从我有记忆开始到1991年之前，村里如有人家盖房子，很多人都会自动地去帮忙，而这种帮忙是单纯的，主家不会掏一分钱的工钱。但是，主家是需要管帮忙的庄乡吃饭的，一般是中午和晚上一天两顿饭，帮忙的多的时候不下二十多人，都是壮劳力，饭量大，主家就请来四邻的人来帮忙做饭。大概是在1980年之前，主家招待盖房子帮忙的人吃的都是窝头，并且是高高的模子窝头，邻居的七婶子八大娘的都来帮忙做饭，在一个大盆里和好玉米面（有时也掺进些黄豆面或高粱面），然后顺手拿起旁边的模子，右手拿着模子的把，左手把和好的玉米面粘在模子上，右手还不停地旋转，不一会儿的工夫，模子上就有了一个长长的面窝头，右手轻轻把模子抽出来，然后把成形的窝头放到锅内的篦子上，等锅里摆满了窝头之后，盖上一个大坯子，上面再压上一块大砖头，就开始往灶里猛放柴草，不多时，热气就从坯子上冒出来，那个大大的坯子是用芦苇编织成的，是农村专门蒸干粮用的。约等上个把小时，拿去坯子，一锅热气腾腾的模子窝头就蒸熟了，有时候还在篦子的中间蒸上一大碗虾酱（要是往虾酱里打上几个鸡蛋那更是好吃得不得了），等帮忙盖房的劳力们围坐在一个矮桌子的四周，主家就把热气腾腾的模子窝头端上去，把一大碗香气四溢的鸡蛋虾酱摆放在桌子上，众人就拿起模子窝头，有的年长些的劳力把窝头用两手轻轻挤压，窝头顿时分为两部分，一块块地吃，当然有些年轻的劳力则不是那么讲究文明的吃法，就顺手拿起一个大大的模子窝头，然后用筷子往窝头的眼眼里放进些虾酱，再找来一个大葱，把大葱插进窝头眼里轻轻一蘸里面的虾酱，那一口真的好吃得很！

大约是在我十二三岁的时候，我也曾经多次在村里参加过盖房子帮工的活。我曾经和我的小伙伴新华哥一起拉过兜子。兜子是用两个光滑的木棍连接上厚厚的布做成的。在村外的河沟旁，有帮忙的劳力把撒上麦瓤和好的泥用铁锨放到兜子里，我和新华哥两个人一人拉一个木棍，步调一致地急匆匆奔向另一处脱坯模子里，因为年龄尚小气力不足，总是晃晃悠悠的不稳定。掌管坯模子的是经验丰富的年长者，我们两个人把盛有泥的兜子先是晃一下，然后猛一下拽着兜子上的木棍“啪——”地一声翻下去，兜子里的泥就落入四方的模子里，掌管模子的人先是把脚踏在上面轻轻有节奏地踩几下，等把模子里的泥踏平之后，再用一把光滑的泥板（一种用铁皮盒把手做成的工具）在模子里水平地压平，然后两手先后轻轻提起模子左右的绳子，把脱坯的模子提出来，一块长方形的土坯就成形了，等晒干后就成为盖房子的重要构件，在光秃秃的野地里成行成片的土坯成为童年最美好的记忆之一。拉兜子脱坯是一个力气活，因我那时年龄小，一般上午还能凑合下来，等到中午的时候，我也跟着大人们围坐在饭桌旁，拿起一个碗盛来一大碗猪大油炒萝卜丝(后来村里流行炒海带)，一手拿着模子窝头，一手端着好吃的猪大油炒萝卜，大口大口吃个饱饭。但是，等到吃完中午饭休息时，顿感四肢酸软乏力，走路都很懒，实在是累得不行了，于是，我就趁着别人不注意，悄悄地溜走了。等下午大伙再干活的时候，竟然没有发现我，以至于落下“这家伙干活不行，是不是来混窝头吃的”笑话！

那些年，能吃上窝头算是不错的。虽然我没有经历过那三年“大饥荒”，没有啃过树皮，但是，我小时吃过的一种“干粮”是让我难以忘记的。

那种干粮其实就是地瓜干磨成粉做成的。刚蒸熟的时候吃一口还能感觉有些甜味，但等第二顿饭吃的时候，做成卷子状的地瓜干粮黑乎乎硬硬的难以下咽，我总是皱起眉头不情愿的咬上一口，嘴里嘟囔着：不好吃，咋和屎头子一样！

地瓜干也不是随便吃，还需要带上一个小本本去十几里外的公社粮站吃“救济粮”。那个本本上有我父亲的名字，上面还标明了家里一共几口人，在粮站是按照人口领救济粮，多一个人少一个人都不行，那年月的人都很实诚，不懂得弄虚作假，否则就会对不起伟大领袖！

记得那是一个春天，父亲推着小推车，我坐在小推车的一旁，另一旁放着一个空空的口袋，邀上同村的人家一起去粮站打“救济粮”。公路两旁的墙上到处都贴着花花绿绿的纸，上面大大小小的字不少，听人家叫什么“大字报”，但因那时我年幼不识字，又因肚子里经常饿得叽里咕噜乱响，对那些大大小小的“大字报”不感兴趣，我盼望着早到公社粮站领到“救济粮”！

粮站在十几里外的一个村子旁，名字叫“沾化县齐郾公社粮站”，虽然我那时不识字，但是对于这个“郾”字却是有了兴趣，这是个什么字？读啥？谁起的这么个名字？大约在小学五年级毕业的时候，我才勉强能写出这个字，“郾”音读作“quan”，因为这个字太难写，很多人直接用“圈”字代替，有的干脆用笔画个圆圈“O”,但是在读的时候往往会闹出笑话:齐“零”公社!

我曾经溜进粮站的仓库里面去看过,一看,我顿时惊呆了,里面放着好多好多的粮食,有麦子,有棒子,还有高粱等,我不解地问正在用铁簸箕打堆的一名粮站工作人员:今早领救济粮是这里的粮食吗?那人看都没看我一眼,干脆地说道:想好事,这是各个生产大队上缴的公粮,是支援国家建设的“爱国粮”,领“救济粮”在对面的仓库,是地瓜干。

对于那名粮站工作人员的话,我当时糊里糊涂,即使现在我也没有完全弄明白,粮食不就是吃饭填饱肚子吗,咋还有那么多说法哩!我也亲眼见过生产队的场院里一口袋一口袋的麦子装上大马车入了生产队的仓库,也曾经跟着母亲到生产队的院落里去剥棒子皮,黄澄澄的玉米棒子一堆堆,可到时却是分不到粮食,无法理解有时比饥饿难受!

从粮站回来,母亲就背着盛有地瓜干的口袋去了村街头的碾屋,我手里拖着一根木棍跟在后面。碾屋是村里的公用设施,一个大大的圆盘,上面有一个大石碾子,有一根铁柱子深埋进地下,石碾子的一端有一个皮套,把带来的木棍子插进皮套里,再用力推动木棍,石碾子就会吱吱呀呀转动起来。

母亲把地瓜干均匀地撒在大磨盘上，石碾子就会慢慢把地瓜干碾碎，母亲用笤帚一遍一遍地把碾碎的地瓜干往里集中，几遍之后，细细的地瓜干成为了粉末状，再用簸箕收起来，白白的地瓜干面粉如白面一样诱人。但是，等蒸熟后却是黏牙不好吃。后来，母亲为了让我能吃饱就去村外的野地里剜野菜，回家后，把地瓜干卷子切成片状放入锅里，加入野菜做成"地瓜干烩菜汤"，我的胃口大开，能吃上两大碗。

少年不知愁滋味，饥荒的年代总有童年苦与乐的记忆。

吃地瓜干的年头没有几年，帮工吃窝头也就是在 1980 年之前。等到生产队解散，实行家庭联产承包责任制，打的粮食多了，吃地瓜干已经成为历史，能吃上大白馍馍的梦想得以实现！

第九节

田,田,田,百姓的“碗”
粮,粮,粮,中国的“粮”

中国自古以来就是一个经常饱受自然灾害的大国，特别是水旱灾害非常频繁。从公元前206年到1936年,我国共发生旱灾1035次,平均每两年就发生一次。大自然灾害有偶然性,但是又有必然性,灾害是一种自然现象,它随时会发生。人们能够做到的是防患于未然。古语说:天有四殃,水旱饥荒。很早以前古人就认为天灾的风险始终存在,不可避免,如何尽可能地事先做好准备，减轻灾害带来的损失和危害，成为历代统治者必须考虑的问题。在世界历史上,几个文明古国的衰亡,都与自然灾害有一定的关系,但是中国农耕文明却不间断地延续了五千年，其中一个重要的道理就是几千年来从民间到官府有意识地减灾防灾思想的存在,和平抑粮价,防止谷贱伤农而导致粮食的紧缺认识。中国几千年的农耕社会中,鼓励垦荒和发展水利灌溉事业,保证一定的人地比例关系是维护粮食安全的重要举措。墨子曾说:凡为谷者,民之所仰也,君之所以为养也。故民无仰,则君无养;民无食,则不可事。

中国是一个人口大国，人地矛盾已经到了极度紧张的阶段，所以以“占世界 7%的耕地，养活占世界 22%的人口”仍将是中国未来很长时间的艰巨任务和世界级的难题。我们曾经围绕“中国人能自己养活自己吗？”展开历史性的探讨，我们怀着民族自豪心可以在世界上说“中国人可以自己养活自己！”但是我们必须清醒地认识到，做到这一点，必须保留必需的耕地生产、必需的粮食，必须坚守 18 亿亩耕地红线的政策不能动摇，必须保证粮食安全。

在灾荒年代和战争年代粮食甚至又是一种“武器”。曾有人说：“控制了石油你就控制了国家；而控制了粮食，你就控制了人类。”我们中国人没必要考虑如何去控制人类，但是，面对 13 亿人的吃饭问题就不是考虑不考虑的问题，而是如果粮食出现严重缺乏就会随时可能出现没饭吃的问题。粮食问题是安民保国的大事，只能“靠己”不能“求人”。依赖世界粮食市场供给，不仅无法有效满足国内粮食消费，还要承受巨大的财政压力、政治和道义压力，甚至可能会危及国内产业发展，进而受制于人。我国粮食安全之策，必须立足国内、实现基本自给，同时加强粮食国际合作，实施多边粮食贸易战略，破除国际资本垄断，避免经济风险和政治摩擦。中国的粮食安全不能过多地寄希望于国际市场，在全球已经进入高粮价时代和全球商品粮逐步减少的情况下，地球上没有一个市场可以完全保证中国的粮食安全供给，因为目前全球已经有近 9 亿人缺少粮食，有 1.5 亿人在忍受饥饿。

13 亿人口，不论你从事什么工作，不论你身份高低，吃饭是一个客观的事实，一日三餐都需要多少粮食？如果发生自然的或人为的灾害，我们能拿出多少储备的粮食？一旦出现天灾人祸，一旦出现粮食危机，我们将如何应对？

历朝历代曾经发生过的饥荒有史可查，征战的马蹄踏毁庄稼的镜头现代的科技已经重现。1942 年，逃荒的灾民为了一口饭把亲生儿女卖掉，到最后连饿死后的掩盖尸体的一张苇席都没有；我们没有必要去探究大跃进三年自然灾害到底饿死多少人，可确实饿死过人这是一个不争的事实。但是，我们也不能因为有大跃进三年自然灾害的发生而忽视了一个重要的问题，新中国成立后，中国的人口逐渐从 4 亿增加到了 8 亿，在没有任何基础，在没有大型机械的条件下，解决如此众多的人口的生存问题是多大的难题。有真实的历史资料证明，从 1949 年到 1963 年经过十多年的努力，农业发展上

了台阶,连续 15 年农业获得丰收。但是,我们从辩证法的角度来说,解决中国人的吃饭问题也不是完全因为 1978 年开始“家庭联产承包”分田单干,事实上,分田单干后粮食的增收是在前 30 年的农业大集体生产打下的基础上实现的。特别是现在全国很多地方过去建设的水利设施老化,最令人惊心与沉痛莫过于耕地被人为地毁坏,大面积、大规模灾难性地被占用,这种大面积占用耕地的行为,有人称呼为“新的圈地运动”。征用农民耕地后,土地被到处闲置,满目疮痍,有的甚至五年里面既无耕种更无利用,就靠炒空地皮牟取虚假的房地产泡沫经济,泡沫经济就是靠倒卖地皮增长虚假的 GDP 数据而产生的所谓政绩。这种现状如不加大整顿,大量耕地不种粮食而种工厂、种楼房,总有一天,粮食安全出现危机的时候我们不得不为此“埋单”!

粮食问题就是个吃饭的问题,中国 13 亿人口,每年大约需要近 5 亿吨的粮食,什么时候吃饭问题都是一个重大的问题。即使到 21 世纪的今天,我们也不能说我们的粮食多得吃不完。

还有一个关键问题是现在谁来种粮食?现状是大部分农民外出打工,农村耕地出现了搁荒撂荒,原因很简单,种粮食不挣钱。在粮食市场放开后,千家万户小生产与千变万化大市场的矛盾日益突出,粮食卖不上好价,关键是农民无法准确获得粮食市场信息，“小生产”跟“大市场”总是挂不上钩，农民在呼唤市场。一边是分散种植的农民，一边是瞬息万变的市场，如何让两者有机结合起来，使农民从卖粮到种粮都不再盲目。传统农民卖粮只有现货一条渠道，无论是在家门口卖给粮贩，还是跟企业签订订单，农民都无法在价格上掌握主动权。当种粮食不挣钱的时候，农民就外出打工，即使有在家种粮食的也是以老人和妇女为主。

粮食不像其他商品，少一点只会涨价，粮食少一点可能会饿死人，粮食安全关系到国家安全。因此，发展粮食生产，保障粮食安全不只是农民的事情，也不只是农业部门的事情，而是全体中国人都要关心、都要支持的大事。

再次为中国的粮食安全问题而疾呼：

田，田，田，百姓的“碗”；

粮，粮，粮，中国的“粮”！

西安大雁塔

第五章

阳光路上

纵横古今五千年，瞻望华表写新篇。
庶民思考中国梦，血脉相连大一统。
天脉有常复兴路，厚土在上民为本。
中华粮仓五谷满，阳光路上看神州！

第一节

改革开放谱华章
群体记忆黄土地

置身村外,面对经历数千年风雨的那片土地,让多少历史埋在了远去的荒野之下。而今,因为土地的变化又给我们带来一个一个新的思考,我们如何面对先祖留下来的这片土地?如果失去了这片土地,而我们又将置身何处?

在这片土地上劳作的人们逐年减少,夕阳下,耕作回村那阵阵吆喝的声音已经渐渐远去,吃饱肚子的确已经不是问题了,可人活着也不是仅仅为了填饱肚子那么简单。村外那片土地上,曾经车来车往运肥拉庄稼的吆喝声渐渐远去,那些全家老少齐上阵忙播种忙收割的日子已经成为村民过去的记忆。

能从早到晚忙活在地里的也只有满脸褶皱的老把式,当锄完一垄地后,抽着不离手的老旱烟看着从附近的工厂高大的烟塔排放着黑的或白的烟雾,一头老黄牛低头啃着茂盛的荒草和老农盘坐地头与现代化的利器组成的工厂形成了原始和现代的对比。尽管村外那工厂底下也曾经是一片肥沃的田地,用于春灌的沟渠也曾经是上级政府领导大力号召的水利工程,而现在却成为工厂排放废水或明或暗的排水沟,当然也有很多人叫下水道。至于如何下水,清楚的人并不多。种地的老把式也曾迷惑地问过一外村在工厂打工的青年,那青年故作神秘状答道:厂里打了井排到地下了,有百多米深哩!

老把式种了一辈子的庄稼只是和地表那一亩几分地打交道，至于地下百多米深，他认为那就是传说中的高科技，因为那么深的地下见不得阳光。

也许真的是老了，老把式有时赶着老牛车行走在硬硬的水泥路面，牛车旁从工厂下班的年轻小伙骑着摩托车呼呼开过，如遇到俊俏的姑娘骑着电动车，小伙子的摩托车放慢并向下班的姑娘发出邀请，今晚请你去县城 KTV 唱歌！对于啥叫 KTV，老把式更糊涂，因他在家经常看电视也只是《打渔杀家》一样的老戏段。

落日的余晖下，一片土地，一座工厂，一群年轻小伙，还有一辆老把式赶着一辆老牛车。

半夜，老把式听到西屋里传来急促的咳嗽声。他用烟袋锅敲打着炕沿边上的木板问了睡在一旁的老伴：咳嗽得咋这么厉害，儿子吃药了吗？儿子的病已经不是一天两天的事了，自从进了工厂打工，断断续续的有了咳嗽的毛病。本村有过赤脚光荣的医生也来看过，得出的症诊：可能和抽烟有关吧！老把式并不认同，自己抽了大半辈子的烟也没有得啥毛病。没进厂打工的时候好好的，进去就得了病，咋回事？对于孩子的病根，老把式弄不明白，仍然赶着老牛车经过工厂的围墙去自己熟悉的田地里锄着生有杂草的棉花地。热天，累了，就在工厂高高排烟塔下的阴影里盘腿抽烟歇息，人多的时候，一起围坐闲聊起村里的陈年旧事。

以上这个镜头是真实地存在于当下的农村，是什么造成曾经田园牧歌的中国乡村如此变化？土坯、木梁的土房子在挖掘机的阵阵轰鸣声中被强行或半强行推倒，无助的呼喊声显得那么脆弱，脆弱的人越来越多成为了一个弱势群体，现代化农村的建立是否就是如此在无法对比的抗争中行进呢？以种地为生的农民是理解不了什么叫边缘化的，更不知道自己的梦想，对于“小康社会”是个什么样的社会也是理解不了的，一日三餐，住房穿衣，婚丧嫁娶等过日子的零碎事情才最现实。

现在最金贵的是人。原来村里如有人家盖房子,推土,和泥,脱坯,上梁,起屋,只要自家手里没有特别的紧急农活,都去帮忙,这种帮忙是纯乡亲之间的互助,不要任何报酬,谈不上钱,当然那时候也没有钱,有的只是力气。但,现在却不是那样了。人的确值钱了,价钱按什么样的活有什么样的价格,有按天算的,有按小时算的,至于管几顿饭,何时管饭,则是主家可以准备也可以不用准备,都在钱里找齐。

我出生在农村,我能看见农村往前跨越一步所得到的收获与喜悦,我也能看到农村在此历史进程中所遭受的磨难与痛苦。生产队解散后,农民能够敞开肚皮吃饭了,额头的皱纹舒展开来。而后是农村富余劳动力大量涌向城市,形成一股又一股席卷全国的民工潮。农民与土地关系发生变化的同时,也生出对农村、对土地的不满足感。继而出现大量现实性的问题,如何提高农民的收入、如何减轻农民负担、如何改变农村的产业结构以及农村教育、农民看病等,一时间成了重要的社会问题。尤其是近几年,新农村建设和城镇化运动,使得农村再次成为中国改革的重心所在。对于我,是难以想到破解三农问题的方法,能做到的只能是为农民写本书,替农民说一点实话。

于是,我把镜头对准了农民,把文字写在希望的田野上。

由此,我写出了我的第一本书《命根》。书中体现的新变化解决了农民的温饱问题,现在只要自己不是好吃懒做的纯懒汉吃饱饭自然是没有问题的。但,生存不仅仅是为了简单的一碗饭。书中有我的童年生活的快乐和贫穷的记忆,有我对社会变化的迷惑的认识,有我的同龄人童年伙伴“小国”的家破人亡的真实文字,有我家族的人和我的表哥的不幸去世。当写这些文字时,有时候真的写不下去了,因为他们都是真实存在的,但又是不幸去世的,一个人的去世又引起了一个家庭的解体,对于造成这些问题的深层次原因我弄不明白,但是我感受到了,用苦涩的泪水感受到了,这是我在农村真实的感受。因为,我看到了农村的变化,也发现了农村还存在一些农民普遍关心和亟待解决的社会现实问题。

第二节

农家炕头知民情
田间地头听呼声

从 2005 年开始，我就写一些文字，写过去农村生活艰难的经历，写 80 年代农村的变化，写 90 年代农民的困惑，写我接触的民营企业发展的曲折。到了 2007 年底，我写出了《四合院》、《生产队》、《吃票》、《打工》和《男人走了》，这些文字都是我的亲身经历、感受和听老乡们讲的真实故事，里面有我的父老乡亲。

我背着三十多斤的现代化装备行走在田间地头和坐在农民家中，有时憨厚朴实的农民还让我在他们家中吃饭，我非常感动。当一听说是写农村题

2008年6月，在山东潍坊寿光访谈中。

材和反映农民普遍关心的问题时，农民都用质朴的话语说出他们的真实变化，在山东省、安徽省、江苏省、浙江省等地的广大农村，农民都用自己的生活、生产变化来说自己的农村变化。我初步感受到了如何从传统农业到现代化农业的转变之路。

汽笛一声到小岗，从此天涯孤旅。我一个人坐上火车辗转去了安徽小岗村，就像我书中写的一样，我有种寻根溯源和“朝拜”的感觉，但是，呈现在我面前的小岗村并不是我想象中的小岗村。我们中国是个农业大国，到底哪种模式适合农村的发展呢？到底采取哪种方式才能让农民的日子过得幸福、活得更有尊严呢？

创作中

土地是农民的命根子。

世上没有亘古不变的法宝,让我们充分尊重农民的首创精神吧!

我的确盼望有个“法宝”能让农民真正的富裕起来!但,这个“法宝”到底是什么呢?到底在哪里呢?

愿关系9亿农民的农业现代化在全国早日全面地实现!

位卑未敢忘忧国,我忧只能忧三农。“农业、农村、农民”的“三农”问题一直是中国诸多问题的重中之重。中国的农民向何处去?农业和农村将怎样发展?这是21世纪的中国社会面临的重大问题。

现在,当国家提出了农村建设新举措,我们应该加以思考,它将如何改造中国的农村?城镇化建设是否能够让农民得到实惠?农民自己眼中的新农村是什么样子?农民对于新农村建设有何要求?新农村建设应该解决哪些核心问题?

中国乡村现状开始引起社会各阶层的普遍关注。农业税取消后的农村情景究竟如何？多少农民的生活达到了“小康”？农民们是否看得起病？他们的孩子是否能和城里孩子一样接受教育？在工业化和城镇化建设的背景下，乡村的环境又发生了什么变化？农民的农用耕地是否被非法占用？传统文化在乡间依然占据统治地位吗？乡村法制环境是否一如人们想象的那样缺失呢？更重要的是，农民们对于未来、对于新农村建设是否拥有足够的信心？

对于现在社会上，尤其是农村突出的问题，我个人认为要通过理性的分析来找到一个较为合理的解决方法，要解决问题和化解矛盾，而不是激化矛盾使问题复杂化。经过三十多年的改革开放，现在社会矛盾愈加突出，甚至更加集中爆发，当我在很多农村与普通的农村青年和社会上的打工青年聊天中，我能感受到很多人都在用多种方式关注社会现实问题，这是一个不争的事实，而如果处理不好就会出现一些极端的社会事件，我个人认为，对于农村出现的新问题，应该从深层次的社会背景下分析，不要忽视每个社会公民，不同领域的公民个体对社会都能产生影响力，特别是不要忽视弱势群体，要尊重每一个人，让每一个人都能生活在社会公平正义的阳光下。

本书作者李冉(左)在西安交通大学和大学生在一起座谈,大学生代表陆伟峰表达了他对人生梦想和幸福的看法:有一个公平的平台去实现个人的价值,通过自身的努力就能实现个人的幸福!

农村,农村,我们的命根!当然,还有很多农民以不同的方式表达他们对发生在他们自身和身边的事情。对于善良淳朴的普通农民向我以不同方式反映的问题,让我深感焦虑,这些问题是在社会转型中在市场经济条件下发生的,我不是专家也不是学者,我不能做出正确的解答和帮他们解决问题。我所创作的文字目的是在破解三农问题方面尽我一个普通国家公民的责任,我不是在激化矛盾,而是力所能及地分析和化解矛盾,一个和谐的农村发展环境应是我们追求的目标吧!

农民喜欢就是我最大的心愿!有很多的读者看了《命根》一书的“男人走了”这个章节后,都有深深的同感,现在这个章节在网上被很多网站转载,特别是我写的《男人走了》那首诗感动了很多读者。

男人走了，女人留下，留下守着老人，守着孩子，为自己的男人守着自己，守着家。

有的男人走了，还能回来，家中的女人还有盼头，还能继续过着贫穷的日子。

有的男人走了，回家后，家中的女人却走了，男人的家没了。

有的男人走了，回家后又走了，回到外面女人的身边，家中的女人泪流满面。

有的男人走了，永远也回不来了，家中的女人就绝望了，家中塌了天，手捧带血的钱票子，家中的女人哭天喊地，苍天无眼啊！

这首诗一共162个字，当2005年5月我写完这首诗的时候，每读一遍我都感觉我的眼睛湿润，我的心酸楚，因为这是我根据我身边的人的真实情况写的，是从我周围的人交谈中的真情感言，我看到的很多的矿难和灾难的新闻报道中那些为了赚取血汗钱而命丧“大海”、“煤矿”、“工地”等农民工的真实遭遇中总结出的，“……手捧带血的钱票子，家中的女人哭天喊地，苍天无眼啊！”我们社会的发展何时能让家中的女人不要再拿着带血的钱票子哭天喊地啊？

让在外的农民工顺顺利利地外出打工，完完整整、团团圆圆地回家。贫穷不可怕，可如果“自己的男人永远也回不来了”的时候，在家的女人就会“绝望”，女人苦心守候和用柔弱的肩膀支撑的家就毁了；在家的女人不懂得大的道理，甚至很多的农村妇女有的还不认字，一旦自己的男人回不来了，她们只能怨“苍天无眼啊”！

《命根》这本书在全国各地的新华书店发行之后，很多读者看了书后和我联系交流看法，都说用这种图文并茂的方式写农村的改革，用农民自己熟悉的话语来解读改革开放，用拉家常的话语农民能够看明白。经新闻媒体报道后，有吉林省四平市东街重工路33号的王胜利等湖南、江苏、安徽等省外的读者来信和网上交流。有些市地的农民以给我来电或写信等方式交流《命根》一书中的读后感。垦利县胜坨镇三佛村农民张月国给我发来的信息中说

集体土地使用权累计登记发证1.6亿本

村"四子"当家

宁夏建设14个粮食作物技术示范区

河北：抓田间管理 保夏粮丰收

吉林省十措施稳生猪生产

海南供港菜农获农行2亿元授信

台湾名特优植物园打造两岸"农业硅谷"

电视剧：农村题材东山再起

青年农民李冉潜心三年著成《命根》

"南戏活化石"莆仙戏为何长盛不衰

2009 年 5 月 16 日,《农民日报》专题报道。

道:……这书是为我们农民所写的,现在书很多,写农民的少,三农纪实的这是我见得唯一的!书中有真实的图片、纪实的文字、农民的话语、乡村的气息。我想,农民喜欢就是我最大的心愿。特别是山东省 50 位农民为本书签名题词,是我最大的荣耀!《命根》一书由中国青年出版社面对全国出版发行后,《人民日报》、《农民日报》、《中国青年报》、《中国周刊》、《大众日报》、《农村大众》、《齐鲁晚报》等新闻媒体都关注和报道《命根》一书。再次向关心和支持我创作的所有朋友致以衷心谢忱!

位卑未敢忘忧国,我忧只能忧三农。能写一本让农民喜欢的书是我最大的心愿。土地是农民的命根子,用创作农民欢迎的书来引起社会各界更加重视农业、农村和农民问题。自从 1978 年家庭联产承包责任制的实施以及后来的改革开放以来,实际上是整个中国社会由计划经济体制向社会主义市场经济体制转型的过程,而在这种转型过程中,农民生活不可避免地受到了很大的影响,发生了很多变化。农民也逐步把经济生活放在了首要地位。赚钱和怎样赚钱成为农民平时思考最多的问题;而如何让农民增收也成为社会的一个主要话题。通过大量真实的图片资料反

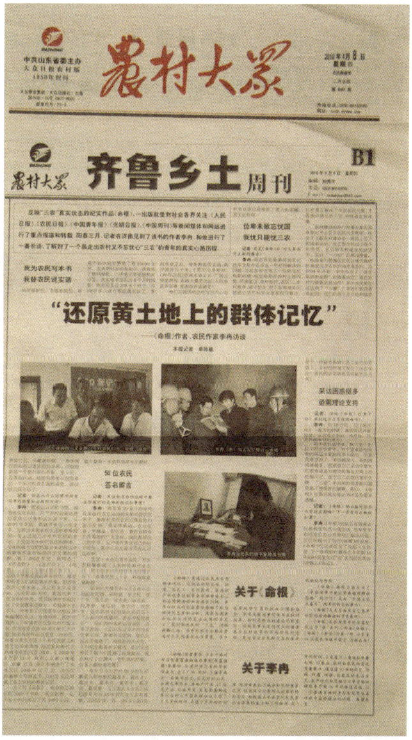
农村大众

齐鲁乡土周刊 B1

"还原黄土地上的群体记忆"

——《命根》作者、农民作家李冉访谈

我为农民写本书 我替农民说实话

位卑未敢忘忧国 我忧只能忧三农

深访困惑很多 缺乏理论支持

50位农民签名留言

关于《命根》

关于李冉

中国青年报

要千方百计抢救被

WWW.CYOL.NET

胡锦涛主持召开中共中央政治局会议

审议国家中长期教育改革和发展规划纲要

"问题水库"上千 威胁广

仅南宁就有245座病险水库

大汛当前 干部别麻痹

鲁迅文学奖"开门"评选引来农民作品入围

2010年6月22日，《中国青年报》(记者桂杰)报道：《命根》一书作为农民作品入围第五届鲁迅文学奖，这在中国还是首次。

在作者李冉创作本书《命脉》过程中，中国青年报记者桂杰(右)在本书的创作定位、采写视角等方面给予了专业指导。

映农村现状，以理性的思考来分析当前农村面临的新困难，农业的综合效益问题，农业集约化程度低下问题，农业的投入产出机制问题，农业市场化体制问题，农村基层组织与政权建设问题，农村环境恶化问题等。

在湖南"湖湘三农论坛"做演讲报告

"命"是谁的"命"？农民的"命"、工人的"命"、学生的"命"等社会大众的"命"，你的命，我的命，他的命！我的"命"系列三部曲《命根》、《命脉》、《命运》就是以"三农"为切入点整体反映"中华民族"这棵大树的"根"、"脉"、"运"，聚焦农民问题，倾听农民呼声，关注农民生活，通过了解农民家庭经济、环境卫生、农用耕地、教育、村政、基层村干部素质、农民医疗、法制建设、信息传播、思想建设等方面。让广大农民以自己的朴素话语反映农村建设中的问题，这三部曲主要是从社会责任感的角度出发为基层的农民、工人、学生等提供一个阅读的图文平台，提供一些真实的社会基层的景象，从文学艺术角度为社会建设进一点微言！

虽然人微言轻，但努力不可放弃。用文字抚平社会底层弱势群体受伤的心灵，让社会公平正义的阳光照在每个人的身上！

因我水平所限，书中还存在很多不成熟的观点，敬请有关领导、专家、学者和读者朋友指正，不吝赐教！

阳光路上，我将继续把镜头对准农民，把文字写在希望的田野上！

阳光路上，我将继续"深入生活、扎根人民"，叙写百姓梦想！

本书作者李冉在山西、陕西、甘肃、宁夏、青海、西藏等地的"寻梦"路上。

美丽中国，我为你祈福！

后记

偶得一梦

自初步列出《命脉》创作提纲之后，几易其稿，我倍感诚惶诚恐，“命”和“脉”这两个字何其重也，自恐自惊，寝食不安，“命”系列三部曲《命根》、《命脉》、《命运》中的“命”真真要“命”矣！如何把“脉”理清需要的不仅是热情，更需加倍的理性，方能对得住这个题目的分量。

某日，吾正在思路不定之时，昏昏沉沉中，偶得一梦：

那是一田园的路边，来来往往的人群不断，一位老者坐在路边，他身旁立有一牌子，竖立的支架上横有光滑的木板，板边镶嵌着云彩状的饰纹，有行人停下脚步在横木上写下几行文字，文字弯弯曲曲形状，那人写完扬长而去。

对于横木上古怪的字，我不解，于是向那位老者求教。

老者手捻须髯娓娓道来：“此之为华表木也。以横木交柱头，状若花也。形似桔槔，大路交衢悉施焉。或谓之表木，以表王者纳谏也。且言者无罪，知无不言，言无不尽也。”

此时，有几位老农在那“表木”上写下奇怪的文字，与老者相互议论一番回到一片田地里继续耕种。周围田园里麦收双禾，麒麟在野，凤凰鸣山。

远处的农舍传来学子的诵读声：“人心惟危，道心惟微；惟精惟一，允执厥中。”欲向老者再请教，那老者却飘然而去，消失在一片桃园里。

梦醒后，似仍在梦中。

于是，经春秋五载，遍访半个中国，终成稿《命脉》。

如今，虽定稿出版，但不知《命运》如何？

且看下部分解！

甲午年丙子月甲戌日于北京

E-mail: liran668@sina.com
QQ:1030541848